双星の天剣使い

HEAVENLY SWORD OF TWIN STARS

CONTENTS

Heavenly sword
Of twin stars

「ほらほら～早く打ちなさいよ
張隻影様？・」
神算可憐の軍師
瑠璃　ルリ
仙娘を自称する少女。
明鈴とも知り合いで、伝説の【天剣】を見つけた。
人並外れた「観察眼」と「軍略」を持っているが、
戦自体は嫌い。

「……風邪を引かれたら困るので」
白星を継ぐもの
張白玲
チョウハクレイ
辺境を守る名門の御令嬢で、
幼いころから文武に才を示した少女。
容姿に優れ、性格も真面目で慈悲深い。
普段は実直だが、
隻影に対してだけは我儘を言って甘える。

「来たぞっ！　アダイ・ダダ！！！！！」
【護国】
張泰嵐　チョウタイラン
隻影を拾った白玲の父親。
【栄】帝国北方を守護する
当代屈指の名将。

「覚悟っ！！！！！！！！！！！」
「やはりお前は【皇英】に及ばぬ」
白鬼
アダイ・ダダ
【栄】の宿敵である、【玄】帝国皇帝。
見た目こそ少女のようだが、
戦術戦略に恐るべき才を持つ。
七年前、戦場で帝位に就き未だ不敗。
前世では英峰とともに天下統一が目前だった。

謎の少女
蓮 レン
【玄】皇帝アダイの傍に出現する、
謎の少女。
普段は狐面で顔を隠し、
ボロボロの外套を頭から被っている。

「――……見たな？
私の顔を、
私の髪を、
私の瞳を……――」

「天は全てを
知っている!!!!」

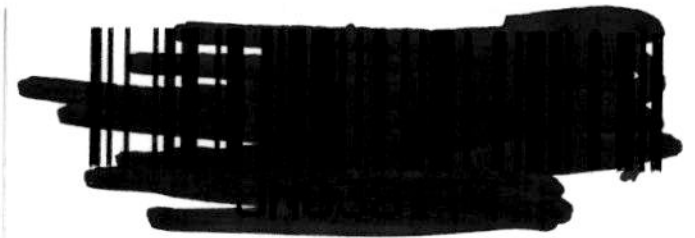

双星の天剣使い3

七野りく

ファンタジア文庫

3306

口絵・本文イラスト　cura

登場人物

隻影
セキエイ
英雄の生まれ変わり

張白玲
チョウハクレイ
名門の御令嬢

王明鈴
オウメイリン
大商人の娘

瑠璃
ルリ
自称仙娘にして軍師

オト
瑠璃の補佐官となった少女

張泰嵐
チョウタイラン
救国の名将

アダイ
玄の皇帝。怪物

ギセン
玄帝国最強の勇士

ハショ
玄帝国が誇る軍師

玄
えんけい
燕京
ななまがりさんみゃく
七曲山脈
たいが
大河
シリュウ
子柳
らんよう
蘭陽
西冬
けいよう
敬陽
大運河
りんけい
臨京
栄

序章

「着いたぞ、徐（ジョ）家の御曹子。入れ」

「…………」


壮年の獄吏に冷たく促され、私――徐飛鷹（ジョヒヨウ）は顔を上げた。

目を見開き、恐怖と屈辱で歯を鳴らす。

そこにあったのは薄暗い地下牢（ろう）。太った鼠（ねずみ）が床を走り抜けた。酷（ひど）く臭う。

【栄（エイ）】帝国南方を長きに亘（わた）り守護してきた徐（ジョ）家の長子が、連れて来られるような場所ではない。

先年行われたかつての友邦国【西冬（セイトウ）】への侵攻戦において、我が父【鳳翼（ほうよく）】徐秀鳳（ジョシュウホウ）は討ち死に。

私自身も大河以北を支配する【玄（ゲン）】帝国、その最強の猛将【黒刃（こくじん）】から追撃を受け、惨（ざん）敗（ぱい）を喫したとはいえ……このような辱（はずかし）めっ！

強い怒りで身体(からだ)が震え、手の縄を引き千切ろうと抵抗する。

しかし、屈強な獄吏達によって石の床へ押し付けられ、棍棒(こんぼう)や蹴りが降ってきた。

「がはっ！」

「……手間を取らせるな」

激痛で意識が途切れがちになり、壮年の獄吏の声が遠くに聴こえる。

殴打(おうだ)が止まるも——私は地下牢へと押し込められてしまった。

短剣によって縄が断ち切られ、小さな窓付の金属扉が音を立てて閉まっていく。

「ゴホッゴホッ……はぁ、はぁ、はぁ………」

震える手で地面を這(は)う。礼服の袖は鮮血で汚れている。

——西冬(セイトウ)侵攻戦が無惨(むざん)な失敗で終わった後、私は数少ない生き残りの兵達と共に徐(ジョ)家の本拠地である南域の中心都市『南陽(ナンヨウ)』へと辛(から)うじて帰還を果たした。

母と老祖父母は温かく迎えてくれたし、冬の間は身体と心の傷を癒(いや)すことが出来たのだが……先月都より届いた、皇帝の真印が捺(お)された召喚状を思い出す。

『蘭陽(ランヨウ)の会戦において徐秀鳳(ジョシュウホウ)と宇常虎(ウジョウコ)は血気に逸(はや)り突撃。全軍潰走の端緒となった』

『徐飛鷹(ジョヒヨウ)は撤退戦で大敗を喫し、数多(あまた)の将兵を死なせ、本拠地の南陽(ナンヨウ)へと逃げ帰った』

『急ぎ臨京(リンケイ)へ出頭、敗戦の報告をするべし。出頭せねば叛乱(はんらん)を画策していると見なす』

今思い返しても、ゾッとする程事実と異なる文言だった。

『行ってはならない。まずは西域の宇家、北域の張家とよくよく相談すべし』

母達はそう言って引き止めたが父亡き今、家を背負えるのは私しかいない。

その信念故に徐家当主として、首府『臨京』へ出頭したのだが……。

扉の外から、壮年の獄吏が疲れた口調で話しかけてきた。

「……お前さんには同情している。俺達みたいな獄吏の耳にも、【護国】と並び称される【鳳翼】や【虎牙】の武名は届いていた。今回の沙汰も信じてなぞいない。だから……頼む。暴れてくれるな。暴れたら、俺達はお前さんをもっと痛めつけなきゃならないんだ」

激情が胸の中を荒れ狂う。

痛みを無視して扉に拳を叩きつけると、壁の弱々しい灯りが揺らめいた。

「父上は——徐秀鳳は【西冬】が首府、蘭陽の地で恥ずべき戦なぞしていないっ！　負けたのは副宰相林忠道が怯懦故に指揮を放棄した上、禁軍元帥であった黄北雀の抜け駆けがあった故だっ！　父と宇将軍は最期の最後まで勇敢に戦われたっ！　なのに何故っ！忠道と生き残った北雀が罰せられず、父上達の死が貶められ、徐家と宇家の権益が奪われなければならないっ!?　咎ならば……撤退戦で敗北した私だけに与えられるべきだっ！！！！！」

獄吏は何も答えず、足音が遠ざかっていく。

痛む身体を引き摺(ず)り、石の壁に背をつける。

「……どうして、何で、こんな事に……」

涙と嗚咽(おえつ)が零(こぼ)れ落ち、私の膝を濡(ぬ)らす。

両手で顔を覆うと——絶望的な戦況下であっても希望を喪(うしな)わず、蘭陽(ランヨウ)の死戦場から私と徐(ジョ)家軍を救い出してくれた黒髪紅眼の少年と銀髪蒼眼(そうがん)の少女の顔が浮かぶ。

『飛鷹(ヒヨウ)！　俺達と一緒に来いっ‼』『飛鷹(ヒヨウ)さん！　私達と一緒に行きましょうっ‼』

あの時、張家軍(ちょうかぐん)と共に追撃してきた敵斥候部隊を一蹴した後、つまらぬ面子(メンツ)に拘(こだわ)らず別れていなければ……父を討った【黒刃】の追撃で、蘭陽(ランヨウ)の死戦場を生き抜いた部下達の多くを死なすこともなかったかもしれない。

悔恨と弱気が襲い掛かり、ボロボロな両手で顔を覆う。

「隻影(セキエイ)殿、白玲(ハクレイ)殿……父上っ！　僕は、僕はどうすれば………」

当たり前だが答える者は誰もいない。

判官より具体的な処罰内容は伝えられなかったが、弁明も許されずこのような地下牢に押し込められたのだ。どうなるかは馬鹿だって分かる。

「…………」

「憐(あわ)れだな、徐飛鷹(ジョヒヨウ)」

「！」

冷たい男の声が耳朶(じだ)を打った。

何処(どこ)かで聴いたことがあったようにも思えるが……駄目だ。答えを導き出せない。

「……何者だ」

警戒感も露(あら)わに短く問う。

影の大きさからして、先程の獄吏の一人ではないようだ。

「その問いに意味はないが……そうだな。強(し)いて言うならば、私はお前の理解者だ」

「……理解者、だと？」

訝(いぶか)し気に言葉を繰り返す。敗戦の責を押し付けられ、殺されそうになっている私の？

扉の近くに男が近づき、淡々と語り出した。

「蘭陽(ランヨウ)の会戦において徐(ジョ)家軍と宇(ウ)家軍は勇戦敢闘した。総指揮を執るべき副宰相は決戦場に姿を見せず、投石器の一斉射撃と【西冬(セイトウ)】の重装歩兵によって禁軍が蹂躙(じゅうりん)されてもなお、北の馬人共に一歩も退(ひ)かなかった」

侵攻軍総指揮官だった副宰相の林忠道(リンチュウドウ)と無謀な突撃を命じた禁軍元帥の黄北雀(オウホクジャク)。

決して忘れられぬ憎悪(ぞうお)の対象だ。唇を噛(か)み締める。

「敗色濃厚な戦場であっても、【鳳翼】と【虎牙】は兵を鼓舞し、勇壮に戦い散った。最終的に敗北したとはいえ――いや、だからこそ！ その名は燦然（さんぜん）と輝いている。私のような心ある者達の中ではな。怯懦と怠惰、嫉妬だけを示した副宰相と禁軍元帥が生きて帰ったのは、皮肉が効き過ぎていると言えよう」

「……心ある者」

この『臨京（リンケイ）』にも人はいる、ということなのか？

戸惑う中、男が近づいて来た。顔は未（いま）だ見えない。

「徐飛鷹（ジョヒヨウ）、お前はこのままだと死ぬ……殺される。敗北の責任を取らされてな。それだけでなく、徐（ジョ）家と宇（ウ）家も権益を奪われていき、何（いず）れ潰されるだろう」

「馬鹿なっ！ そ、そのようなことをすれば……国境の安寧は崩壊するっ‼」

両家は乏しい戦力を以（もっ）て、栄（エイ）帝国の南方と西方をどうにか抑えてきたのだ。

重しが外れてしまえば、蛮族や叛乱分子も動き出す。

遠からず起こる【玄（ゲン）】の南進において、大陸を南北に貫く大運河の結節点であり、臨京（リンケイ）とも繋（つな）がっている『敬陽（ケイヨウ）』へ宇（ウ）家と徐（ジョ）家から増援を送れなければ……【張護国（チョウごこく）】様、そして隻影（セキエイ）殿と白玲（ハクレイ）殿がいようとも敗北は必定。

男が胸を力強く叩いた。

「だが――私がお前を殺させはせぬっ！　どうか信じてくれ」

そこで思い立つ。

獄吏達を遠ざけ、危険を冒してこのような場所にやって来るのは。

「……貴方はもしや老宰相閣下の？」

栄帝国が宰相、楊文祥様。

亡き父や宇将軍、張泰嵐様――すなわち【三将】と並ぶ国家の柱石だ。

西冬侵攻に最後まで反対されていたと聞く宰相閣下の臣ならば、私に接触するのもおかしくは――

「くっくっくっ」

哄笑が牢内に響き渡った。

私は警戒感も露わに問う。灯りに群がる蛾を家守が捕らえるのが見えた。

「何が可笑しい？」

「嗚呼――……徐家の遺児。お前は悍ましき政治の世界を、楊文祥の恐ろしさを知らぬ」

足音が更に近づき扉の傍で停止した。

鉄格子を指で幾度か弾き、楽し気に口を開く。

「お前の臨京召喚に強権を用いたのは老宰相だ。副宰相にそう仕向けさせて、な」

頭から足のつま先まで雷が落ちたかと思う程の衝撃。

身体は勝手に震え、思考が纏まらない。

「っ⁉　う、嘘だっ！　あ、あの御方がそのようなことを為さるわけが………」

「そうでなければ、【鳳翼】と軍の精鋭を喪い騒乱の兆しすらある南陽から、徐家の次期当主をこのような時期に誰が呼び寄せられると？　召喚状には皇帝陛下の真印もあった筈だ。それを捺させることが出来る人間は自ずと限られる。清濁を平然と併せ呑めなければ、大国の宰相なぞ務まるわけがなかろう？　お前の父と【虎牙】宇常虎の死は『統治の道具』として使われたのだよ――権力の中央集権化を進める為の、な。奴は『敬陽』と大運河北岸を差し出しての講和すら画策しているようだぞ？」

「う、嘘だっ！　そんなこと……信じられる訳がないっ‼」

政治闘争や遊興に耽る都の連中達。

その中にあって老宰相閣下は張将軍、父や宇将軍が信頼した数少ない御方だ。

……なのに、私を都におびき出し捕えただと？

思考は乱れ、纏まらない。

扉の小さな窓から狐面(きつね)で目元を覆った男が顔を覗(のぞ)かせ、踵(きびす)を返した。

今日幾度目かの衝撃を受け、私は痛みすら忘れ立ち上がる。

「ま、待てっ！　お前は副宰相の懐刀(ふところがたな)である田祖(デンソ)——」

「また来る。今一度言っておくが、私はお前の味方だ。必ずその牢(ろう)から出してやろう」

＊

真夜中の堂を私——大陸の歴史を裏から操る秘密組織『千狐(せんこ)』によって栄(エイ)へ送り込まれた田祖(デンソ)は歩いて行く。朝が来る前に愚かな副宰相の屋敷(やしき)へ戻らなければ。

寒々とした巨大な空間に見えるのは龍と鳳凰(ほうおう)が彫り込まれた石柱と、判官達の座る座。

此処(ここ)は裁判府。

今まで数多の者達を断罪してきた場所なのだ。

空気が皇宮の他の場所よりも冷たく感じられるのは、それもあって——

「…………」

私は足を止め、中央に鎮座している象徴的な漆黒の巨岩を見上げた。

何時見ても信じ難い程の大きさだ。この世の物とは思えぬ。

――栄の連中の呼び名は、

「【龍玉】だ」

「！　これは……蓮様」

石柱の陰から狐面を被り、ボロボロな外套を頭から羽織った人物が姿を現した。慌てて片膝をつく。

……一切の気配を感じなかった。

老齢の長に代わって、七年前より実戦の場で総指揮を執られる謎多き仙娘――蓮様が岩に触れられた。腰に提げられている異国の刀が音を立てる。

「古に編まれた『斉書』にも記されている大陸有数の巨岩。北方を喪いし栄の偽帝が寒村に過ぎなかったこの地で即位した際、権威付けに利用したと聞いている。『天の化身たる龍が栄を守護している証』だとな。皇宮を建築する際もわざわざ残し、この前で数多の罪人達を裁いてきたと聞く。そのせいか、夜となれば警備の兵すら近づかぬ。無論――何の裏付けもない。北方『老桃』の地にて彼の皇英峰が【天剣】で同種の物を斬ったというが……真ではなかろう」

責を果たさなければ『何時でも私を殺せる』ということか。頬を冷や汗が伝っていく。

声を発することが出来ない。

所詮、私は栄が大河以北を喪った後、組織に加わった一族出身。

組織に与えられた名である『田祖』は鼠をもじったもの。

狐には……しかも、大妖の狐に従わなければ喰われるのみ。逆らう気すら起きない。

蓮様が振り向かれると、外套下の髪が微かに覗いた。

「同時に、どの地に、どの国に生きていようとも……人は存外に信じ易い。人の手では到底動かせず、砕くことも、まして斬ることも出来ぬ巨岩に畏怖を感じるのも分からぬでもない。――首尾は？　徐家の幼鳥は使い物になりそうか？」

「相当揺らいでおります。左程時間はかからぬものと」

「……そうか」

仙娘の整った唇が歪み、寂寥が滲んだ。

恐るべき【玄】皇帝アダイ・ダダの計略にからめとられた、徐飛鷹を憐れんでおられるのだろう。

「冬が去り次第――北の【白鬼】は南征を再開する。先の戦で栄の猛将、勇将は粗方狩られた。残る障害は『敬陽』の張泰嵐。そして――」

小さな手が腰に伸び、蓮様は刀の柄に触れられた。

「老いし楊文祥。今頃は、徐家と宇家を追い詰めた小心な偽帝を責め立てていよう。先の侵攻戦の惨敗後、都の住民達が真しやかに囁き続けている『副宰相と禁軍元帥も馬鹿だが、許可を出した皇帝はもっと馬鹿だ！』を、寵姫から耳に入れさせただけでこうなるとは。時に働き者の善人は、怠け者の悪人よりも有害となるようだな」

「……はっ」

栄の【三将】最早揃わず。

敬陽を救援出来る軍も都になく、徐家と宇家を罰したことで離反も起きよう。

この国はもう詰んでいるのだ。英雄【張護国】も戦局を覆せはしまい。

蓮様が朱塗りの鞘から、波紋が美しい異国の刀を引き抜かれ、私の首筋に当てられた。

「田祖、お前を愚かで醜い林忠道の下へ送り込んだは、このような事態になるのを長が見越しておられたからだ。先の戦ではハショが調子にのり、『灰狼』を殺してしまった。此処で成功すれば栄達は約束されている。……同時に失敗すれば」

冷たい刃の感触を意図的に無視し、私は決意を固める。

奴が【西冬】を操るのならば、私は【栄】を操ってみせる。

自らの才に溺れ、いけ好かない紛い物の軍師に目にもの見せてくれんっ。

「誓って――徐の幼鳥を堕として御覧にいれます」

「期待している」

優美――そうとしか言えない動作で、蓮様は刀を鞘へと納められた。

そして、軽やかに跳躍されると柱を蹴り瞬く間に堂の入り口へ。人の業ではない。

「ああ、もう一点伝え忘れていた」

蓮様は地面に音もなく着地すると、肩越しに振り向かれた。

――月光が仙娘を包み込む。

「張泰嵐の娘と息子について情報を集めておけ。奴等は『赤狼』と『灰狼』を、玄の誇る二頭の『狼』を斃した。必ずや次の戦場において、張泰嵐と共に【白鬼】の前に立ち塞がろう。アダイは厄介だが……天下の統一を果たしてもらうまで、死んでもらうわけにはいかぬ」

＊

「陛下……お尋ね致します。何故、死した【鳳翼】と【虎牙】の名誉を辱め、それだけに飽き足らず徐飛鷹までも獄に入れられたのですか？　しかも、臣が大運河の船上にて張泰嵐と会談している間とはっ！　承服致しかねます」

皇宮最奥。皇帝陛下の寝所。

本来ならば男子禁制の場で私――栄帝国宰相、楊文祥は主を問い詰めた。都に戻ったばかりで疲労を覚えているが、それどころではない。

燭台越しに顔を蒼褪めさせ、寝間着を纏われた陛下が言い訳を零される。

「ぶ、文祥、そう怒るな。信賞の必罰は世の常ではないか。内々に忠道から進言はあったが……北雀の話も聞いた。会戦に敗北したのは徐家軍と宇家軍なのだぞ？」

その場で頭の白髪を掻きむしりたくなるのを必死に堪える。

外戚と寵臣の言をここまで鵜呑みにされるとは……敗戦の報が余程堪えていらっしゃるのか。

「……信賞必罰は確かにその通りであります」

「ならば」「然しながらっ」

大声で遮り、幼い頃より我が子以上の情を注いで育ててきた陛下と目を合わせる。

瞳は動揺で激しく揺れ、定まっていない。

「此度は筋が通っておりませぬ。【西冬】侵攻が無惨に失敗したことと、死した両将と徐秀鳳の遺児にどのような罪がありましょうや？　何を確認されたかは分かりかねますが……罰せられるは、決戦場で指揮を執らず臨京まで一目散に逃げ帰った林忠道と、無謀な突撃により禁軍の潰走を招いた挙句、多くの部下を死なせたにも拘わらず、生きて還って来た黄北雀でありますっ！　忠道が直率した禁軍が帰還したは決戦に参加しなかった部隊が一切戦わず、撤退したからに過ぎませぬ。このこと、会談を致しました張泰嵐にも再度確認を取っております」

「…………」

陛下は秀麗な顔を背け、ばつが悪そうにされた。

身体を寄せ容赦なく畳みかける。

「蘭陽の戦と苛烈な追撃を戦い、『亡狼峡』での戦にて『灰狼』を討った張家軍内に徐秀鳳と宇常虎を貶す声は皆無とのことです。徐飛鷹は撤退戦において【黒刃】なる玄の猛将と交戦、一敗地に塗れましたが、よく残存の徐家軍を纏め、南陽へと帰還を果たしております。獄へ入れるなぞ……正気の沙汰ではありません。両将の死を理由に、両家の持つ権益の一部剥奪も離反を招くのみっ！　事実、宇家は召喚に応じておりません」

「……そ、それはそうかもしれぬが」

主はもごもごと口籠られる。

大方、副宰相家出身の寵姫より甘言を吹き込まれ、良かれと思い行動されてしまったのであろう。

……だが、此度ばかりは。

静かに現実を教示する。

「無論、責任の一端はこの老人にもありましょう。なれど、民の口を閉ざすことは能いませぬ。『**皇帝は悪臣に心を寄せ、忠臣を罰することに熱中している**』——臨京ではこのような噂が既に流布しております。早晩、国全体に陛下の悪評が伝わるは必定かと」

陛下の蒼い顔が更に蒼くなり、身体を震わされた。

縋るように私へ尋ねられる。

「ぶ、文祥、余は……余はどうすれば良い？」

「……召喚状に真印を捺されてしまった以上、処罰を覆すのは昨日の今日で大変難しゅうございます。すぐに対処すれば、より一層民の反撥を買いましょう」

心の内で決戦場に散った徐秀鳳と宇常虎に詫びる。

……許せっ。貴殿等の名誉回復は時間がかかるやもしれぬ。

すっかり皺だらけになってしまった手を心の臓に押し付ける。

「陛下、このことは老人にお任せ下さいませ」

「…………頼む」

深々と主は臣に頭を下げてくださった。

この御方は悪人ではない。ならば――私が導いていける筈だ。

老いた身を奮い立たせ、報告を続行しようと預かってきた書簡を取り出す。

ここからが本題なのだ。

対応を誤れば……亡国に到るかもしれぬ程の。

「次に張泰嵐との会談内容についてでございます。北方に大きな動きがございます。彼奴等は雪解けを待ち、大河を渡って再侵攻――」

「陛下――今宵も羽兎が参りました。戸を開けても、よろしいでしょうか？」

部屋の外から艶やかな若い女の声がした。

かかる国家の大事だというのにっ！

私は一喝しようと目線を向け――白い手に阻まれた。

明らかにホッとした様子の陛下を見て愕然とする。

「今宵はもう夜も更けた。文祥、細かい話は明日の廟堂で聞く。……お前ももう休め」

「…………御意」

やんぬるかな。

このように命じられてしまえば、臣の立場として何をどうこう出来はしない。

重い身体を起こし、頭を下げ退室。

すると、絶世の美を持つ寵姫――副宰相の養女だという羽兎(ウト)が、長い薄紫髪から花の香りを漂わせ、私に代わって部屋へ入っていく。

戸が閉まるや否(いな)や、寒々しいやり取りが聴こえてくる。

「おお……羽兎(ウト)、羽兎(ウト)」

「陛下、陽が昇りし時からずっとお会いしとうございました……嗚呼(ああ)、月がずっと昇ったままであれば良いのに……」

よろよろと廊下の柱に手をつく。心臓が痛み、立っているだけで老いた身には堪える。

【双星】の輝く暗き北天を睨(にら)み、吐き出す。

「またしても……【張護国(チョウごこく)】に頼らざるをえん、か。【鳳翼】と【虎牙】が生きて帰ってくれていたのならば。いや、たとえそうであったとしても……この国はもう」

私の呟(つぶや)きは深い闇に消え失(う)せ、ただただ陛下と寵姫の睦言(むつごと)だけが残った。

第一章

「よーし！　これで、船の積み荷は終わりだな。他に忘れ物はないか？」

俺──【栄】帝国湖洲の中心都市、『敬陽』を守護する張家の拾われ子である隻影は外套の埃をはたきながら振り返った。

大陸を南北に貫く大運河沿いに築かれた、敬陽東部の停泊所には多くの人々が集まって会話を交わし、兵達が忙しなく動き回っている。

冬の間天候が悪かったこともあり、栄帝国首府『臨京』行きの船は久しぶりなのだ。

停泊している両舷に数個の輪が付いた外輪船を物珍しく思い、見学人が多いのもあるのだろう。今から三ヶ月前の惨憺たる敗戦──かつての友邦国【西冬】への侵攻失敗を受け、女、子供を最前線である敬陽から逃す機会を窺っていたのかもしれないが。

大河以北を支配する騎馬民族国家【玄】の脅威は、誰しもが感じているわけで……。

「む～。隻影様ぁ？」

「お、おお？」

そんなことを俺が考えていると、橙色基調の服を着た少女が不満も露わに詰め寄ってきた。帽子脇から覗く栗茶髪が逆立っている。

豊かな胸以外は子供にしか見えない年上の少女――臨京で急速に名を知られるようになってきている大商人、王家の跡取り娘である明鈴が更に距離を詰めて来た。

「隻影様は天下で一番可愛い将来の妻と離れ離れになって、寂しくないんですかぁぁ⁉　私はとっても寂しくて……辛くて……今にも泣いてしまいそうなのにっ。嗚呼！　こんなことなら、冬の間、敬陽に留まるんじゃなかった……ぐすんぐすん～」

「天下で一番可愛い……将来の妻…………？」

下手な泣き真似を無視し、わざとらしく問い返す。

この俺に求婚しがちな麒麟児様はもっと早く都へ帰る予定だったのが、天候不順と陣地用資材提供の監督を理由にして、約三ヶ月も居残ってくれていた。結果、敬陽の防衛態勢が飛躍的に進んだことには感謝している。この恩義は必ず返さねばならないだろう。

ま、目の前で駄々をこねている年上少女には内緒なんだが。

「う～！　疑問に思わないでくださいっ‼　……もうっ」

俺の謝意に気付いていない明鈴は怒りながら腕を組んだ。

その後方を見やると、白黒基調の服装で異国の短刀を腰に提げた若い女性——明鈴(メイリン)の従者である静(シズカ)さんが『申し訳ありません』と両手を合わせてくれていた。結った長い黒髪が初春の陽光を反射して美しい。

……俺の黒髪なんて硬いだけだからなぁ。

鼻先に明鈴(メイリン)の人差し指が突き立てられた。背伸びをしているようだ。

「と・に・か・く、ですっ！　自分で言うのもなんですが……私は頑張りましたっ‼　敬(ケイ)陽(ヨウ)の防衛態勢を整える為(ため)、身を粉にして働き、隻影(セキエイ)様に抱き着くのも一日三回までで我慢したんですよっ⁉　なのに……なのにぃぃ～」

「あ～……」

俺は年上少女が駄々をこねる様子に往生する。

取りあえず、三回は多い。絶対に多い。

結果……幼馴染(おさななじみ)の銀髪蒼眼(そうがん)を持つ御姫様(おひめさま)は御機嫌よろしからず！

助言を求めた金髪翠眼(すいがん)の軍師様に到っては『あんたが悪いんでしょ？』の一言。酷(ひど)い。

かといって、目の前でむくれる少女を軽く扱う気にもなれない。

千年前、煌(トウ)帝国の時代にあって不敗を誇った大将軍『皇英峰(コウエイホウ)』の朧気(おぼろげ)に残る記憶を思い返しても、身内にはとことん甘かった。

……俺の甘さは前世も今世も変わらずか。成長がないよなぁ。

内心で苦笑しつつ、帽子に手を置く。

「うん、確かにお前は頑張ってくれた。感謝してる。特に……あ～、名前が出てこないな。ほら？　地面を掘る」

俺は道具の名前が出て来ず、両手を動かした。

自称仙娘な軍師殿の指示にて敬陽西方では現在、延々と防塁と壕造りが行われているのだが、従来の鋤や鍬ではとてもじゃないが対応しきれず……。

幾度か話し合いを行った後、明鈴が伝手を用いて大量に持ち込んだ異国の道具が導入され、作業が一気に進んだのだ。

何でも遥か西方、大砂漠が広がる国で考案された代物らしい。

明鈴が目を瞬かせ、顎に指をつけ小首を傾げた。

「えーっと……円匙、ですか？　先が幅広の剣状で柄が付いている？？」

「そいつだっ！　俺も巡察の時に何度か使ってみたんだが、あれは良いもんだな。兵達も『壕を掘るのも、土を積むのも、鋤や鍬より格段に楽です』と喜んでた。……今まで思いつかなかったのが恥ずかしくもあるが。本当に、王明鈴は必要な物を必要な時に届けてくれる、とんでもない才媛だと俺は思っている。感謝してもし切れないっ！　お前は凄い奴だっ‼」

本心なのですらすらと言葉が出てくる。

明鈴（メイリン）の的確な資材提供がなければ、防衛工事は半分も終わらなかっただろう。

「えへ、えへへ～♪ そ、そんな風に褒められると、照れちゃい――……はっ！ ふ、ふんだっ！ そ、そんな風に褒められても、簡単に絆（ほだ）されたりなんかしませんっ！ 私は安い女じゃ、くしゅん」

頬に両手をつけ、照れくさそうに身体（からだ）を揺らしていた少女がくしゃみをした。

暦の上では春となり暖かい日も増えてきたがまだまだ冷える。

「そんな薄着でいるからだぞー？ 船上だって風が吹くってのに」

「う～！ そこは『大丈夫か、俺の可愛い明鈴（メイリン）？』と心配して――ふぇ？」

俺は外套を脱ぎ、少女の肩にかける。

何となく気恥ずかしくなり、目線を逸（そ）らし早口で説明。

「羽織ってけ。風邪でもひいたら、お前の御両親に申し訳が立たない」

複数の馬の嘶（いなな）きの後、人々の歓声が聞こえてきた。あいつ等、出航に間に合ったか。

俺が少しホッとしていると、明鈴（メイリン）が外套の襟を摑（つか）んではにかんだ。

「――……はい。えへへ♪ 隻影（セキエイ）様ぁ～☆」

「うおっ」

胸に飛び込んできた少女を受け止める。

ま、まずい。こんな所をあいつに見られたら……。

俺の危惧に気付かず、明鈴は大きな瞳を輝かせた。

「やっぱり、私の旦那様は隻影様しかいません！　この外套、宝物にしますね？」

これ、本気で言っているのだ。

外套なんて軍用の量産品だってのに。頰を掻く。

「お前なぁ……お、来たみたいだな」

「むむっ！」

人々の歓声が大きくなり、敬陽西方で作業を監督していた二人の美少女が歩いて来る。

一人は緋色の紐で長い銀髪を結い、蒼の双眸には刃の如き鋭さ。俺とお揃いの外套を羽織っていて、腰に提げているのは【天剣】と称される【白星】だ。

【護国】張泰嵐の一人娘、白玲。俺の幼馴染でもある。

もう一人は、栄でも滅多に見ない金髪を青の髪紐で結い、左目が前髪で隠れている少女——軍師の瑠璃だ。急いだようで、青の帽子で自分を扇いでいる。

二人は俺達の傍までやって来ると、白玲が腕組みをしてギロリ、と睨んできた。

「……隻影（セキエイ）？　人前で何をしているんですか？？」

「何時（いつ）ものことなんだろうけど、目立ってるわよ？」

次いで瑠璃（ルリ）も口を挟んでくる。

ただし、半ば本気で怒っている白玲（ハクレイ）と違い、瑠璃（ルリ）の方は状況を掻き回して面白がっているだけだ。こ、この悪戯（いたずら）好きの軍師めっ。

俺は怒れる張（チョウ）家の御姫様に仕方なく弁明を試みた。

「あ～……俺の意思じゃ」

「来ましたね、お邪魔虫さんっ！　隻影（セキエイ）様と私の間を引き裂こうとするなんて……少しは、空気を読んでくださいっ‼　瑠璃（ルリ）もそう思いますよね？　ねっ！」

言い終える前に明鈴（メイリン）が食って掛かる。

……おや？　こいつは好機なんじゃないか？？

「聞き捨てなりません。誰と誰の仲ですか？」「私を巻き込まないでよ」

案の定、白玲（ハクレイ）が明鈴（メイリン）の挑発にのり、瑠璃（ルリ）の取り合いが始まった。しめしめ。

気配を殺して、三人娘の傍を離れると「——隻影（セキエイ）様、隻影（セキエイ）様」静（シズカ）さんが木箱の陰から声をかけてくれた。気が利（き）くお姉さんだ！

「隻影（セキエイ）様、明鈴（メイリン）御嬢様（おじょうさま）の御世話（おせわ）ありがとうございました。今朝方は随分と沈んでおられ

たのですが……大丈夫そうです」

　そそくさと隠れると、黒髪の従者さんに御礼(おれい)を言われてしまった。慌てて返礼する。

「あ、頭を上げてください。お安い御用……とは言い切れませんが、明鈴(メイリン)と静(シズカ)さんには、この数ヶ月助けられました。礼を言うのは俺達の方ですよ」

　どういう経緯で明鈴(メイリン)の従者になったかは聞いていないが、この異国生まれの美女は広範な知識を持っていて、しばしば悩む俺や白玲(ハクレイ)、瑠璃(ルリ)に助言をくれた。

　お互いに頭を上げ「「……ふふ」」と笑いあう。

　そんな中、白玲(ハクレイ)と明鈴(メイリン)は依然として口喧嘩(くちげんか)中。仲が良いのか悪いのか。

　銀髪の美少女がジト目。

「まったく、人前で抱き着くなんて少しは慎みを持ってください」

「あらあらぁ？　今の言い方だと、人前じゃなければ隻影(セキエイ)様に抱き着くのは良い、ってことになりませんかぁ？　……うふふ～♪　張(チョウ)家の御姫様もようやく、状況を理解されたようですねっ！　私と隻影(セキエイ)様が夫婦になったら貴女(あなた)は義妹(いもうと)になるわけですし、むぐっ」

　調子に乗った年上少女の口を白玲(ハクレイ)が手で覆う。

　そして、木箱の陰にいて見えない筈(はず)の俺へ拗(す)ねた視線。……いや、どうしろと。

沈黙していると、白玲(ハクレイ)がわざと大声で言い放つ。

「……黙ってください。ここ数日『臨京に帰りたくないんです』と夜になる度、私と瑠璃さんに泣きついてきたことを、隻影に全部バラしますよ！」

「むぐっ～⁉」「そんな大声で喋ったら筒抜けなんじゃない？」

明鈴の頬は真っ赤に染まり、瑠璃が呆れながら帽子を被り直した。

拘束から抜け出し、勇敢にも白玲へ挑みかかる自らの主へ慈愛の目線を向けつつ、静さんが零される。

「明鈴御嬢様は幼き頃から才を内外に示されました。結果、同年代の御友人は皆無でございましたが」

黒髪の美女が居ずまいを正された。黒真珠のような目を俺と合わせる。

そこにあるのは強い危惧。

「この地に来て以降は毎日大変楽しそうに過ごされておられました。従者として、これ程の喜びはございません。――……隻影様」

「分かっています。白玲と瑠璃を死なせやしません」

戦況は七年前、【玄】の前皇帝が南進を試みた時よりもずっと悪い。

愚かな副宰相の我欲と、功を焦った禁軍元帥によって引き起こされた西冬侵攻の結果、栄は数多の将兵を喪った。

今や、この国を守れるのは親父(おやじ)殿と都の老宰相だけだ。

俺は【白星】と対になる腰の【黒星(こくせい)】に触れ、明鈴(メイリン)とじゃれ合う白玲(ハクレイ)と二人に巻き込まれている瑠璃(ルリ)を見つめる。

……俺が救えるのは精々あいつ等くらいだろうな。名前を呼ぶ。

「空燕(クウエン)、春燕(シュンエン)。いるな？」

「「は、はいっ！」」

旅支度を整えた異国出身の少年と少女がすぐに姿を現した。

西冬(セイトウ)侵攻戦前に軍へ志願した双子の義勇兵だ。歳(とし)は十三。

俺の副将役を務めている庭破(ティハ)の話だと、軍内最年少らしいが……幼い。

もしかしたら、もっと。

何かに耐えきれなくなるも顔には出さず、緊張した面持ちの兄妹(きょうだい)へ語り掛ける。

「庭破(ティハ)から話は聞いているな？　お前達には明鈴(メイリン)と静(シズカ)さんの護衛を頼みたい。先の戦を生き残り、それだけでなく、俺と白玲(ハクレイ)の騎馬に追随し矢を供給し続けてくれたお前達を手放すのは、正直言って心底痛いんだが……」

「あ……」「わ、若様……？」

異国の地で健気(けなげ)に生きようとしている兄妹の肩を俺は叩(たた)いた。

「頼んだ。張(チョウ)家の大恩人に事あらば、そいつは恥だ。責任は重大だぞ？」

「は、はいっ！」「命に懸けてっ！」

幼い二人は頬を紅潮させ、胸に手を押し付けた。

前世の記憶が蘇(よみがえ)る。

……こういう顔をした奴等(やつら)は戦場で生き残れなかった。

俺は大きく頭を振る。

「阿呆(あほう)。死んだら仕舞いだ。生きて、生きて――生き延びて、己(おの)が責務を果たせ。季節が良くなったら明鈴(メイリン)のことだ、どうせこっちに来る。その時には便乗させてもらえ。よーし！　時間がないぞ。お前等も船に乗れっ」

「「はいっ！　張隻影(チョウセキエイ)様っ‼」」

高揚を隠そうともせず、双子が船へと行進していく。

前世も今世でも俺は神なんざ信じていないが……千年を生き、かつて盟友達と共に天下統一を約した『老桃(ロウトウ)』に祈る。

どうか、あの双子が二度と戦場になぞ出ずとも生きていける世を。

瞑目(めいもく)を終え、黒髪の美女に頼み込む。

「静(シズカ)さん、あいつ等をどうか……」

「分かっております。静に万事お任せください」

「ありがとうございます」

分かっている。分かっているのだ。……こいつは偽善なのだろう。

今回の船に乗れない女、子供も数多い。

冬季期間中、張家は出来うる限り疎開を推し進めたが、北方の氷が融け【玄】の侵攻が始まってしまえばもう。

――けたたましい銅鑼の音。出航時刻だ。

手荷物を持った静さんが、拳をぶつけ合う白玲、明鈴、瑠璃を見つめられた後、口を開く。冷気を帯びた風が黒髪を靡かせた。

「隻影様、敢えて御言葉を繰り返させていただきます。人は生き延びてこそ、でございます。死んだら全て御破算。どうか、そのことを努々お忘れなきよう。私にも……同じような経験があるのです」

おそらく、静さんの母国はもうないのだろう。

俺がいざとなれば命を懸けるのを理解されている。

「御助言、肝に銘じて。地方文官になるまで死ねませんよ」

「ふふふ……夢とは儚いものでございます。御武運を」

静（シズカ）さんは表情を崩されると、船へと向かって行く。

——武運、か。

確かに必要だな。しかも、七曲山脈（ななまがりさんみゃく）程の。

入れ替わりで白玲（ハクレイ）がこっちにやって来た。

当たり前のように俺の隣に立ち、【王（オウ）】の旗がはためく外輪船を見つめる。丁度、明鈴（メイリン）と静（シズカ）さんが合流し、双子が緊張した面持ちで挨拶しているのが見えた。瑠璃（ルリ）は船の近くで見送るようだ。

「はぁ、まったく明鈴（メイリン）ときたら……静（シズカ）さんと何を話されていたんですか？」

口調には僅かな拗ね。俺が黒髪の従者さんと二人きりで会話していたことが気に食わなかったらしい。

かと言って……話せる内容でもないので煙（けむ）に巻く。

「人生において大事なことを、ちょっと、な」

「……ふ～ん。そうなんですね。その割には鼻の下が伸びてましたけど」

「うなっ⁉　お、お前なぁ」

「冗談です」

「…………」

嫌な奴だ。張白玲はとっても嫌な奴だ。

俺がお澄まし顔の幼馴染を横目で睨んでいると、再び銅鑼が鳴った。

船が小舟に引っ張られ、少しずつ動き始める。

「白玲」「隻影」

同時に名前を呼び合い、頷き合う。

駆け出し、

「瑠璃！」「瑠璃さんっ！」「え？　ち、ちょっと、あんた達っ⁉」

瑠璃の手を二人して取って、船に近づく。

手や布を振る人々の中を掻き分けていると、静さんに抱えられ明鈴が顔を出した。

目を真っ赤にして泣いている。

すぐ俺達を見つけ、帽子を、ブンブンと振り回し、叫んだ。

「白玲さん！　瑠璃！　隻影様っ‼　また……また、敬陽でっ！！！！」

「「敬陽でっ‼」」

俺達も叫び返し、歩みを止める。

ちらりと二人の様子を確認すると、目元を拭っていた。

一つの季節を共にし、白玲、明鈴、瑠璃は友情を育んでいたようだ。

俺も前世の畏友、煌帝国『初代皇帝』飛暁明と『大丞相』王英風を思い出す。

……少しだけ羨ましい。あいつ等がここにいてくれたら。

俺は妄想を振り払い、白玲達を促した。

「さて、と——俺達も屋敷へ戻ろうぜ。親父殿が戻られる前に、戦局と防衛態勢の現状について詳しく話を聞かせてくれ、百戦錬磨の軍師殿？」

＊

「私、回りくどいのは嫌いなの。だから、はっきりと言っておくわ——状況は最悪よ。断片的な情報を繋ぎ合わせる限り、玄帝国皇帝【白鬼】アダイ・ダダは、大侵攻を画策している。大運河の氷が融け次第、決戦は避けられない。当然、第一目標は『此処』であり、目的は張家軍の撃破よ」

敬陽、張家屋敷の俺の自室。

停泊所から戻るなり開始された、瑠璃の冷徹極まる戦況分析が耳朶を打った。

寝台で丸くなっていた黒猫のユイが、迷惑そうに尻尾を動かし夜具へ潜り込む。

白玲が火鉢の中で燃える木炭を鉄箸で動かす中、瑠璃はくるくると器用に筆を回し、卓上に広げられた周辺地図にさらさらと文字や記号を書き入れていく。

主に敬陽の西側だ。

「明鈴が陣頭指揮を執ってくれたことと、張将軍が許可を出してくださったお陰で、一冬で防衛態勢構築は飛躍的に進んだわ。今まで無防備だった西方は特にね。鹵獲した投石器を用いて、音に慣れる訓練も逐次行っている」

大河という天然の堀と、そこを越えられても『白鳳城』という防壁を持つ北方はともかく、西方に広がっているのは平原。友邦だった【西冬】が敵に回ったことで、張家軍は西に対する備えを強いられている。

玄の誇る『四狼』の一角、猛将『赤狼』の強襲を受け苦闘したのは記憶に新しい。

その為、敬陽帰還後、瑠璃は地図を手に現地を騎馬で巡り、西方の防衛態勢強化を強く具申した。俺と白玲の言があったとはいえ、親父殿はそれを全面的に受け入れられたのだ。

『お前達が信を置いたのだろう？　ならば、儂も信ずる』

正しく名将の器量！　そうそう出来ることじゃない。

瑠璃が硯に筆をおいた。近くの長椅子に座り、祈るかのように両手を組む。

「でも……良い話はそれだけよ」

白玲が碗を並べ、温かいお茶を丁寧に注ぎ始めた。

俺はその隣で小皿の上に茶菓子を並べていく。

お茶を淹れ終えた白玲が冷静に後を引き継いだ。

「無謀な西冬侵攻戦で栄は多くの将兵を喪いました。【鳳翼】徐秀鳳様、【虎牙】宇常虎様、数多の精兵達。瑠璃さんの策で『亡狼峡』で『灰狼』を討ち取ったとはいえ、全体を見ればまるで釣り合っていません。徒花です」

蘭陽の地で俺達や息子の飛鷹を庇い散った徐将軍と、奮戦されたという宇将軍を思い出す。決戦場で指揮を執らなかった副宰相と無謀な突撃を行った禁軍元帥への怒りも。

忠勇な名将達が死に、戦わずに逃げた卑怯者と真っ先に敗走した将が奇跡的な生還を遂げ……それだけでなく御咎めはほぼ無し。この世は余りにも非情だ。

卓上近くの椅子に腰かけた。

白玲が瑠璃へ「どうぞ」と碗と小皿を渡し、俺の隣に座る。

帽子を力なく取った瑠璃がお茶を一口飲んだ。

「侵攻が再開された場合、北方からは玄軍、西方からは西冬軍が押し寄せてくるわ。私達は寡兵で二正面同時作戦を強いられる……」

「敵の想定兵力は？」

質問を投げかけながらお茶を飲み干すと、白玲(ハクレイ)が極々自然に新しく注いでくれた。

冬の間、明鈴(メイリン)と闘茶(とうちゃ)を繰り返したせいか、すっかり手慣れたようだ。

俺が手をつけていない砂糖菓子を幼馴染の小皿へ移していると、瑠璃(ルリ)は憂鬱そうに顔を顰(しか)めた。

「玄(ゲン)軍が最低でも騎兵二十万。西冬(セイトウ)軍は重装歩兵を主力に約十万。どちらも、攻城戦用に投石器を持ち込んでくるでしょうね」

西冬(セイトウ)は交易国家であり、異国の優れた技術を手にしている。

金属鎧(きんぞくがい)を装備した騎兵は大きな脅威だし、多数の投石器から、石弾や焼いた金属弾が敬陽(ケイヨウ)に叩(たた)き込まれれば……。

「…………」

俺と白玲(ハクレイ)は背筋を震わせた。考えたくもない。

瑠璃(ルリ)が砂糖菓子を口に放り込む。

「対して味方は主力の張家軍、徴募した義勇兵、撤退戦で合流して敬陽(ケイヨウ)に留(とど)まっている兵を含めても約六万。侵攻が始まればもう少し増えるかもしれないけれど……」

ゆっくりと首を横に振る。

そもそもの数が違い過ぎる、か。

俺と白玲は素直な感想を呟く。

「勝負にならないな。北と西に軍を分けなきゃならないとなると、万が一大河の渡河を許し、『白鳳城』を抜かれた場合……決戦すら難しい」

「臨京はともかく、徐家か宇家から増援を得られれば良いんですが……」

先の戦で徐家軍と宇家軍は主将を喪い、軍も壊滅的な被害を受けた。

律儀な飛鷹の奴が増援を送ろうとしても、この短期間で軍を再建するのは不可能だ。

……撤退戦の時、俺がもっと強く一緒に『来いっ！』と言っていれば、あいつが恐るべき【黒刃】に捕捉されることもなかったかもしれない。

「隻影」

白玲が俺の袖を摘まんだ。双眸には慰めと叱責。

『自分だけを責めないでください。私にも罪はあります』

……こいつには敵わない。銀髪少女の白い指を優しく叩き、感謝を示す。

俺達の様子を見守っていた瑠璃が立ち上がり、碗へ自分でお茶を注ぐ。

「北方は渡河さえさせなければ、時間を稼ぐことは容易よ。『白鳳城』は私も見学させてもらったけれど、そう簡単に落ちる城じゃない」

「だろうな。と、なると……問題はやっぱり西方か」

七年前の大侵攻後、親父殿と歴戦の老将である礼厳が築き上げた大河沿いの城砦は難攻不落だ。少数の奇襲的な渡河はともかく、未だ一度たりとも突破されたことはない。

瑠璃が行儀悪く卓上に座った。金髪を揺らし、悪い顔になる。

「ええ。一先ず例の——円匙？　だったかしら。あの便利な工具のお陰で予定以上に防塁と壕は造れているわ。そう簡単に騎兵の運用はさせないし、投石器も使わせないっ！　西冬の重装歩兵も同様よ。攻めてきたら目にもの見せてあげる」

遥か西方、砂漠の地で開発された例の工具は軍師殿もお気に入りのようだ。

白玲が俺の小皿から小さな饅頭を奪い取った。

あーあー！　の、残しておいたのにっ‼

「新兵の訓練や部隊の編制業務で忙しいのは分かっていますが、偶には貴方も現場に来てください。士気に関わります」

「……明日は顔を出すって」

「怪しいです」

「ぐぬぬ」

銀髪の少女に頰を突かれ呻く。

ここ数日、親父殿が老宰相との極秘会談で敬陽を留守にされている為、俺は軍関係の業務を押し付け……こっほん。任され、多忙を極めていた。

その間、西方の防衛準備は白玲と瑠璃に任せきりだったのだ。

何時の間にか寝台から抜けだしていたユイが卓上に跳び乗った。

すっかり懐いた黒猫を撫でつつ、瑠璃が悪戯を思いついた幼子のような顔になる。

「白玲は単に貴方と過ごす時間が減って寂しがっているだけよ。少しは女心も学んだ方がいいんじゃない、張隻影様？」

「……へっ？」

思わず変な声が出た。白玲が寂しがっているだと？

隣の銀髪少女をまじまじと見つめると、あたふたしながら立ち上がる。

「る、瑠璃さんっ!?　……勘違いしないでください。私は別に寂しがってなんかいません。ただ、最近は貴方も忙しいので一緒に行動してないな、って思っているだけで……」

「え？　私はそれを『寂しがっている』って表現したんだけど？？」

「～～っ！　る、瑠璃さんっ！」

軍師殿は、白玲のからかい方も完全会得したようだ。

……人間、他者のことはよく観察出来る、というべきか。

瑠璃が碗の代わりに筆を手にした。

「御約束はこのへんにしておくとして――」

「いや、そういうのいいからな」「……瑠璃さんは意地悪です」

俺は苦笑し、白玲は唇を尖らせた。

仙娘は方術だというすぐに消えてしまう儚い白花を生みだし、猫を遊ばせる。

――瞳に深い知啓が浮かんでいく。

「認識の共有よ。現状、私達は北と西からの侵攻に備えているわ。兵力差は圧倒的。とてもじゃないけど野戦での勝利は望めない。幾ら張将軍でも……相手はあの軍略に長けた【白鬼】アダイ。『大兵に策無し』を実行されたら、死力を尽くす以外に打つ手はない」

前世の俺も今世の俺も、所詮は戦場の武人。

親父殿やアダイ、瑠璃のように大局を見渡す眼を持ってはいない。

……いない、が。席を立って地図を覗き込む。

瑠璃が筆でとある場所に線を引いた。

「そして、最大の懸念材料が――此処よ」

白玲が口元を押さえ、俺は顔を歪ませる。

「そこは……」「大河下流……東方渡河策、か」

今まで玄軍は大運河の連結点たる敬陽を主目標としてきた。

だが……大河下流から攻められれば。

ユイに目を落としながら、瑠璃が淡々と言葉を零す。

「張家軍は精鋭よ。徐家軍、宇家軍が壊滅した今、栄軍最強と言ってもいい。でも、守れるのは敬陽とその周辺だけ。それ以上は手に余るわ。そして、玄軍は峻険な七曲山脈を踏破し【西冬】を降した実績を持っている……大河以南への侵出は排除出来ない」

「瑠璃さんの考えは理解出来ます。ただ臨京に到るまでの道中には、広大な湿地帯や無数の河川があります。騎兵を動かすに適した土地じゃありませんし、七曲山脈と異なってある程度の防衛部隊もいます。強攻すれば多大な損害が出ると思います。【白鬼】もそのことは理解しているのでは？」

瑠璃の懸念も白玲の言葉も正しい。

騎兵とは率いる将次第で恐ろしい衝撃力を出すことが出来る兵科だが、湿地や沼沢地ではその力を発揮出来ない。また、北方の大草原で故郷とする玄人は馬を愛し、戦場でも歩兵となるのを強く忌避する。

無数の河川に守られた『臨京』が都に選ばれたのは、その点も大きかったのだろう。

普通に考えれば、東方から攻勢は考え難い。

——だが、あのアダイならば。

瑠璃(ルリ)が宝石のような翠眼(すいがん)を細め卓から跳び降りた。

グルグル歩き回り思考を提示していく。

「【白鬼】は堅実な軍略家よ。**『栄(エイ)帝国において真の雄敵は張泰嵐(チョウタイラン)唯一人』**だと正確に認識しているわ。事実——七年前の侵攻時を除き戦場での直接対決を徹頭徹尾避けている。なら、わざわざ敬陽(ケイヨウ)を攻略しなくても、大河東方を攻める可能性は十分考えられるんじゃないかしら？　今までは予備軍として徐(ジョ)家軍と宇(ウ)家軍が控えていたのでしょうけど、両家軍が壊滅した今、私だったら助攻として一軍の渡河策を実行するわね」

「「…………」」

俺と白玲(ハクレイ)は黙り込む。

親父殿は紛れもない栄(エイ)帝国最高の名将だ。

だが、その両脇を支える【鳳翼】と【虎牙】はいない。もう……いないのだ。

アダイならば、張泰嵐(チョウタイラン)との直接対決を避ける大胆な手を打つ可能性は捨てきれない。

そして、張家軍に大河全域を守る兵力はない。

……栄(エイ)の全軍を親父殿がその指揮下に収めていればっ。

瑠璃が今にも雨の降ってきそうな窓の外を見つめた。自分を納得させるように明るい声色を発する。

「勿論だけど――臨京の皇宮に籠っている偉い人達が焦らなければ、渡河されても対応は十分可能よ。白玲の言った通り彼の地は騎兵運用に適さないし、進軍速度は遅い。防衛隊と戦意に乏しく練度も低い禁軍だって、川や湿地を味方につければ防衛は容易だもの」

俺は最後の茶菓子を放り込み、お茶で流し込んだ。【黒星】へ目をやる。

思い悩んでも仕方ない。来るべき時が来たら、ただただ剣を振るうのみ！

「景気が悪いんだが、良いんだか分からねぇな」

「老宰相閣下を信じるしかないですね」

白玲も割り切ったようで、【白星】を手にし――入り口の鈴が鳴った。俺達は一斉に目を向ける。

「失礼致します――白玲様、隻影様、瑠璃様」

戸を開け中に入って来たのは肩までの鳶茶髪で細みな白玲付き女官――朝霞だった。普段は快活なのだが、妙に緊張している。

【黒星】を俺へ手渡しながら、銀髪少女が尋ねた。

「どうかしたの、朝霞？」

剣を受け取り、何気なく目線を絵巻に落とすと大河下流の地名が目についた。

——『子柳』。

鳶茶髪の女官が背筋を伸ばす。

「旦那様が御戻りでございます。急ぎ話したい議ありとのこと。どうか、御部屋へ御向かいください。……ただならぬ御様子でした」

＊

「おお、白玲、隻影、軍師殿。呼びつけてすまぬな。先程帰った」

離れで俺達を出迎えてくれたのは、厳めしい顔と美髭の偉丈夫——【護国】張泰嵐だった。後方には前線にいる筈の白髪白髭の老将、礼厳の姿もある。二人共、軍装だ。

卓上に広げられた地図を見つめられていた親父殿の髪と髭には、今やその一身に国を背負う重圧故か白いものが混じり、表情にも疲労が滲んでいる。

このただならない様子で、しかも爺まで呼び寄せた。

老宰相との秘密会談は……。

白玲と俺は示し合わし一礼した。

「お帰りなさいませ、父上」「御無事で何よりです」

すると、親父殿が固い表情を崩された。

帽子を取った瑠璃がおずおずと訴える。

「張将軍、『軍師殿』はその……」

「軍師殿は軍師殿であろうが？　うん？」

「…………」

顎鬚をしごかれながら、親父殿がニヤリ。……うわ、わざとだ。

銀髪少女が瑠璃を背中に隠し、俺は悪戯好きな栄帝国最高の名将を窘める。

「親父殿、うちの仙娘をあまり虐めないでください。傲岸不遜は見せかけで、人見知りも激しいし、白玲と黒猫にべったりだし、やたら負けず嫌いなお子様なので」

「なっ⁉　……張隻影様？」

「事実だろ？」

「ぐう～……」

白玲を盾にする瑠璃が唸る。こういう所は年下なんだよな。

直後、室内が豪快な笑い声で満ちた。

「わっはっは！　すまんすまん。そういうつもりはないのだ。許してくれ」

親父殿が軽く頭を下げられた、

慌てた様子で瑠璃も姿を現し、両手を動かす。

「い、いえ。だ、大丈夫です。お、お気になさらず……」

「有難い。軍師殿の貢献は白玲と隻影からよく聞いておるよ」

「父上、瑠璃さんは凄い人です」「は、白玲⁉　……もうっ」

張家親子に翻弄された仙娘は帽子を深く被り直した。

生み出した白花を弄り、ジト目。

『……後で覚えておきなさい……』

矛先をこっちに向けてきたか。軍師殿は状況判断が速い速い。

曖昧に笑いつつ、俺は礼厳に話しかける。

「爺、久しいな。前線は大丈夫なのか？」

「庭破に任せておりますれば」

礼厳の血縁と聞く青年は、『赤狼』との戦い、西冬侵攻と苛烈な撤退戦、『亡狼峡』での火槍と火薬を用いた戦闘を経て、今や張家軍を支える若き将となっている。

正しく好々爺、といった様子で歴戦の老将が嬉しそうに目元を緩ませた。

「あ奴も若と白玲様に付き従ったことで、一人前になりもうした。もう暫くすれば、この爺もお役御免でございましょう」

「『鬼礼厳』がか？　そいつは冗談がキツイな」

「年寄りは労わるべし。かの【王英】もそう言を遺しておりますれば」

「史上唯一の大丞相殿にも困ったもんだ」

……英風はそんなこと言っていただろうか？　酷使する方だったような。

爺とのやり取りを楽しみつつ、かつての記憶を探っていると白玲が咳払い。

「こほん――父上、それでお話とは？　老宰相閣下は何と？」

俺達三人は名将に目線を集める。

何処から入り込んだのか、黒猫のユイがやって来て卓の上に登った。

「……そうであったな。ああ、予め言っておく。良い話は少ない」

親父殿が窓の傍へ歩いていかれる。室内の空気が緊張をはらんだ。

背を向けたまま、栄随一の名将は淡々とした口調で説明を開始した。

「まず、老宰相閣下は今春以降に再開されるであろう【玄】の南進に酷い憂慮を示された。同時に……いざ侵攻が開始された場合、禁軍残余を敬陽への増援としては望めない、ともな。先の敗戦を受け、主上の御心痛甚だしく、都を無防備にされるのを恐れられているらしいのだ。……生き延びた者達の多くにも、林忠道（リンチュウドウ）と黄北雀（オウホクジャク）の息がかかっている。動かしたくとも動かせまい。新編の軍編成も遅々として進んでおらんそうだ」

「「……………っ」」

想像していた以上の悪い話に俺達は顔を引き攣（つ）らせる。

禁軍の増援は望めないだろう、と思ってはいた。

だが『多少は……』と淡い期待を持っていなかった、というのも嘘（うそ）だ。

敬陽（ケイヨウ）と臨京（リンケイ）は大運河で繋（つな）がっている。

張家軍が敗北すれば【栄（エイ）】は亡国の危機に曝（さら）されるのに、増援は望めない。

……正気なのか？

無謀極まる西冬（セイトウ）侵攻を実行した時点で、そんな問いかけも無価値かもしれんが。

俺と白玲（ハクレイ）は頭を抱えたくなるのを堪（こら）え、言葉を絞り出した。

「親父殿、そいつは幾らなんでも」「……父上」

「急（せ）くな。悪い話はまだある」

「こ、これ以上の」「ですか？」「…………まさか」

絶句する俺達に対し、瑠璃（ルリ）は何かを察したようだ。

親父殿が近くの椅子に身体（からだ）を預けられる。

瞳の奥に垣間見えたのは強い失望。

「儂との会談中、都よりの使者が急報を齎した。内容は……」

出ていた陽が雲によって隠され、室内が薄暗くなる。

両手を組み、目を閉じられた【張護国】は怒りを堪えられているようだ。

「徐家と宇家の処罰に関するものだ。『**【西冬】征討の失敗はかかりて二将の敗北にあり。よって、両家の持つ権益の一部を剝奪す。弁明あらば当主は急ぎ臨京へ出頭すべし**』――宇家の当主は現れなかったようだが、徐飛鷹は召喚に応じた結果捕えられ、宮中の地下牢に繫がれたと聞く」

「「「…………」」」

重い沈黙が室内を支配した。

徐家と宇家に敗戦の責任を被せ、飛鷹を捕えた？

老宰相が都を離れたからこそ起こった異変なのだろうが……余りにも度が過ぎている。

俺は白玲へ目配せし苦言を呈した。

「親父殿、洒落にもなっていません」

「先の戦にて徐将軍と宇将軍、そして、飛鷹殿は勇敢に戦われました。撤退戦でもです。にも拘わらずその仕打ちとは……いったいどういう意味でしょうか？」

轟音(ごうおん)。ユイが驚き、家具の隙間を求めて逃げて行く。

親父殿が砕けた机から拳を掲げ、顔を歪(ゆが)められた。

「分かっておるっ！　蘭陽(ランヨウ)の戦で敗北せしは秀鳳(シュウホウ)と常虎(ジョウコ)の責任に非(あら)ずっ！　無謀な遠征を企てるだけでなく、決戦場において指揮を放棄し、剰(あまつさ)えっ‼」

見開かれた瞳に義憤の炎が躍る。

……無理もない。両将は親父殿にとって掛け替えのない戦友だった。

「指揮下にある軍だけを引き連れて退いた副宰相の林忠道(リンチュウドウ)と、功名に走り全軍潰走の発端となった禁軍元帥の黄北雀(オウホクジャク)にこそ責があるっ。……だが。だがな」

【護国(ごこく)】と称される名将は悲痛さを露(あら)わにし、額へ手をやる。

こんな姿……初めてだ。瑠璃(ルリ)が「……最悪ね」と小さく呟(つぶや)いた。

「命を下されたのは主上なのだ」

「……そいつはまた……」「……隻影(セキエイ)」

俺は完全に言葉を喪(うしな)い、白玲(ハクレイ)も不安そうに袖を握ってくる。

皇帝自らがこんな馬鹿げた戦後処理をしたとっ⁉

じ、じゃあ、徐（ジョ）家と宇（ウ）家はもう。

親父殿が必死に激情を押し込まれながら、重苦しい口調で吐き出される。

「……老宰相閣下は会談を急遽（きゅうきょ）中座され臨京（リンケイ）に戻られた。『両家への処罰は撤回させ、徐（ジョ）飛鷹（ヒヨウ）の命は必ず救う』との言（げん）もいただいてはいるが、すぐには解放出来まい」

不安で身体を震わす白玲（ハクレイ）と手を繋ぎ、考えを巡らす。

飛鷹（ヒヨウ）を救うのは難しい話ではない。皇帝は絶大な権力を行使出来るからだ。

だが、真印が捺（お）された文書を数日で撤回すれば、世間からどう見られるか？

俺は答えを導き出し、親父殿へ告げた。

「都に住まう民の評判を気にして、ですか？」

「……うむ。西冬（セイトウ）侵攻の大失敗は都にも広まっておる」

「だからといってっ！」「悪手ですね」

声を荒らげかけた俺を小さな手で制し、瑠璃（ルリ）が一歩前へ進みでた。

凛（りん）とした軍師としての態度だ。

足下に纏（まと）わりついてきた黒猫を抱き上げ、金髪翠眼（すいがん）の少女が冷たく評する。

「とんでもない悪手です。大方、外戚である副宰相か、奇跡的に生きて帰ったという寵（ちょう）臣（しん）の禁軍（きんぐん）元師が入れ知恵をしたんでしょうが」

卓上に目を落とし「はぁ……」憂いの溜(た)め息。

ユイを降ろし、細い指で地図をなぞっていく。

「これで、栄(エイ)帝国は北方の【玄(ゲン)】。西北の【西冬(セイトウ)】だけでなく、国内の西方及び東方に二つの潜在的な『火薬樽(だる)』を抱えました。跡を継ぐべき長子を捕えられた徐(ジョ)家と、それを聞いた宇(ウ)家は、たとえ侵攻が開始されたとしても増援を出すとは思えません。むしろ……混乱に乗じて独立する可能性すらあります。徐飛鷹(ジョヒヨウ)が召喚に応じて捕縛された事に対し、宇(ウ)家の人間が捕まっていないのは、宮中に対する不信が生じている証左でしょう」

「あ～……つまり、だ」

必死に出来の良くない頭を働かせ、想定状況を瑠璃(ルリ)へ確認しておく。

蒼褪(あおざ)めた顔の白玲(ハクレイ)は一早く結論に辿(たど)り着いたようで、今や左腕に抱き着いている。

「俺達は侵攻が開始されても、一切の増援を望めない、ってことか？」

「そ――『孤軍奮闘』『勇戦敢闘』『獅子奮迅(ししふんじん)』。男の子が好きな言葉でしょう？」

「ハ、ハハ」

どうにもならなくなった時は笑いしか出てこない。

……畜生っ。

亡国の危機に孤軍だと？　最悪だ！

深呼吸を繰り返した後、白玲が議論に加わってくる。

「父上、瑠璃さんとも戦局の想定をしたのですが……一点だけ懸念材料が」

「大河下流の渡河であろう？」

「「っ！」」

事もなげに応じられた親父殿に俺達は驚愕する。礼厳は誇らし気だ。

いや……当たり前だな。

【張護国】は栄の守護神。

【白鬼】アダイ・ダダに対峙出来る唯一の漢なのだ。

大きな手を左右に振られる。

「だが……分かっていてもどうにも出来ぬ。北に二十万の精鋭騎兵。西に十万の重装歩兵。対して我が方は、後先考えずの動員で六万弱。『攻者は最低でも三倍の兵を集めよ』――王英風が軍略を完全に満たしておる。アダイが将兵の多大な犠牲を許容するならば」

瞳に浮かぶ諦念で理解した。親父殿は全てを理解されている。

大きく息を吸われ、瞑目された。

「我等に勝ち目はあるまい」

不敗の名将をしてそう言わしめる、か。前世でも経験した記憶はないな。

白玲が俺から離れ、深々と頭を下げた。

「……申し訳ありません」

「良い。責めたわけではないのだ」

泣きそうな愛娘に親父殿は頭を振られた。

——戦局は絶望的。

瑠璃の予測通り、張家軍精鋭と謂えど全てを守ることは絶対に出来ない。つまり。

「親父殿」「東方戦線は捨てるのですね？」「……っ」

俺と瑠璃は、ほぼ同時に核心情報へ辿り着いた。すぐ白玲も気づいたようで、少しだけ悔しそうだ。

金髪の軍師と不敵に笑い合い、わざと乱暴な口調で考えを披露する。

「寡兵の俺達が兵力の分散を強いられればどうなるか……ただでさえ、勝ち目が乏しいのに防衛戦ですらままならなくなっちまう」

地図上に置かれた駒を敬陽の北と西に分けつつ、金髪少女が後を引き取った。

感情に呼応し花弁が舞い、黒猫がはしゃぐ。

「よって、『東方防衛に張家軍は一切関与しない』――老宰相閣下との会談は、そのことをお伝えする為のものだったのではありませんか？　張将軍が直率されている騎兵も、彼の地では能力を最大限発揮出来ませんし」

この国を守る将兵達の多くは蘭陽の地で斃れてしまった。

残された張家軍は強大極まる敵の大軍を、孤軍で食い止めなければならないのだ。

ない袖はどう足掻いても振れやしない。

親父殿が美髭をしごかれ、爺に向かって肩を竦めた。

「うむ……その通りだ。お前の勝ちのようだな、礼厳」

「なに、歳の功でございましょう」

俺達が気付くかどうか賭けていたらしい。この二人ときたら。

白玲が隣に戻ると、親父殿が剣の鞘を叩かれた。

「我等はあくまでも敬陽防衛に徹する！　たとえ相手が雲霞の如き大兵だとて、防衛戦ならば何とでもなろう。大河下流よりの渡河は懸念すべき事柄だが――アダイは無益な戦をする男ではない。加えて、彼奴等は騎兵であることに心底誇りを抱いておるからの。歩兵を主力とする軍編成はかなりの難事であろうよ。……隻影、白玲、良い軍師を得たな！」

瑠璃が褒められ、自分のことのように嬉しくなる。

白玲も同じだったようで、「ふふふ♪」「ち、ちょっと！」照れくさそうな仙娘に後ろから抱き着いた。

仲の良い少女達に和みながら、俺は親父殿に同意した。

「頭を使うことが減って、気が楽になりましたよ」

「地方文官志望、っていう戯言は未だに言いますけどねー」

「は、白玲っ⁉」

「文官、向いてないわよ？」

「る、瑠璃っ⁉」

酷い。張家の御姫様とうちの軍師殿、酷いっ。

細やかな俺の夢を協同して否定するなんて、本当に人のすることかっ⁉

……口にすると倍にして返されるので黙っているわけだが。

「若、諦めも肝心ですぞ？」

「はっはっはっ！　隻影、諦めよ。お前の負けだ」

「爺と親父殿までぇ……」

味方と信じていた二人へ恨みを念じる中、ユイまでもがつまらなそうに欠伸をした。

——張泰嵐が左手を掲げられる。

「大運河の氷が融(と)け次第、奴等(やつら)は北と西よりやって来よう。白玲(ハクレイ)、隻影(セキエイ)、瑠璃(ルリ)、準備を怠るなっ！　我等が敗れれば――【栄(エイ)】は滅ぶ」

「「はっ！」」「軍師として最善を尽くします」

*

「ぐぬ……ぐぬぬ…………」

その日の晩。

劣勢極まる盤上を前に、俺は自室で黒髪を乱雑に掻(か)き回して呻(うめ)いていた。

左翼と右翼は……駄目だ。完全に死んでいやがる。

以前、一度だけ成功した中央からも相当厳しい。

『隻影(セキエイ)様！　これ、と〜っても温かいんですよっ！　使ってみてくださいっ‼』

明鈴(メイリン)が持ち込んだ、屋敷(やしき)内で湧き出ている温泉を入れてある西冬(セイトウ)製の湯たんぽと、足下に置いてある大きな火鉢のお陰で寒さは感じないが……。

風呂(ふろ)に入ったってのに、心が、心が冷たいっ。

嗚呼(ああ)、天才軍師なんかと兵棋なんて打つんじゃなかった。まさか、ここまで負けず嫌いだったとは。窓の外から聞こえる雨の音も俺の集中力を大いに乱す。

「ほらほら～早く打ちなさいよ、張隻影(チョウセキエイ)様？」

俺が苦しむ様子を対面で眺めながら、青く薄手の寝間着姿の瑠璃(ルリ)がニヤニヤと煽(あお)ってきた。仕事が押してしまい、少し遅れて風呂に行った白玲(ハクレイ)とは色違いの服だ。

髪をおろしているのと凹凸のない肢体のせいで普段よりもずっと幼く見えるが、怒られるので言わない。本人のいない場では白玲(ハクレイ)が結構な頻度で妹扱いしていることも同様だ。

「う、うっせえ。待ってろっ！」

「はいはい。でも、後十五手で詰み、ふわぁぁぁ……」

瑠璃(ルリ)は余裕たっぷりに頬杖(ほおづえ)をつき、大きな欠伸をした。近くの長椅子にいる黒猫のユイも釣られたように欠伸。うちの軍師様はお子様なので、あまり夜更(よふ)かしが出来ないのだ。

丸窓の外に浮かぶ三日月をちらり。今晩も定刻通りか。

もしかしたら、目を擦(こす)っている仙娘は話以上に由緒(ゆいしょ)正しい御嬢様(おじょうさま)だったのかも？

そんな想像をしながら、投了を告げる。

「参った。俺の負けだ」

「ふふ～ん♪　これで、わたしの七連勝ねぇ～」

眠そうな瑠璃は湯たんぽを抱えたまま席を立ち、上機嫌な様子で黒猫と共に寝台へ寝転がった。とろんとした目つきで俺の夜具を被る。

盤と駒を片付けながら、年下の少女を注意。

「おい、眠いなら部屋へ戻れよー？　白玲に怒られるぞー。俺はまだ命が惜しい」

「ん～……かってに、しねば～………」

舌足らずの悪態と健やかな寝息が聞こえてきた。寝つきが良すぎるっ。

ただ……瑠璃は天涯孤独の身の上で、故郷だった『狐尾』という仙郷も既に無いという。

安心して寝られるのは良い事だ、うん。

俺は静かに近づき、「どかすぞー？」とユイに声をかけ、椅子へと移動させた。

廊下に向って呼びかける。

「朝霞」「お任せくださいませ」

白玲付きの女官が部屋へ入って来た。

手慣れた様子で夜具ごと瑠璃を抱きかかえ、部屋から出ていく。

「毎晩すまん」

「白玲様の御命令ですのでお気になさらず。——……本当に軽うございますね」

年齢の割に華奢な金髪の美少女へ、朝霞は慈しみの目を向けた。

寝ている横顔は伝承で語られる仙女みたいな美貌なんだがなぁ……。

「食べる飯の量自体は増えている。気に懸けてやってくれ」

「はい♪」

朝霞(アサカ)達を廊下で見送っていると——背中に冷気！

振り返ると、薄桃色の寝間着を着た白玲(ハクレイ)が不満そうに佇(たたず)んでいた。

「……来ました」

「お、おう」

何時(いつ)も通りのやり取りをし、幼馴染(おさななじみ)の少女は俺より先に部屋へと入った。

幼い頃から、こうして寝る前に夜話をするのは俺達の習慣なのだ。

卓上の盤を一瞥(いちべつ)するや「…………」白玲(ハクレイ)は無言のまま上着を脱ぐや、すたすたと寝台へ向かい倒れ込んだ。長い銀髪が大きく広がる。

「……今晩も瑠璃(ルリ)さんと兵棋を打ってたんですね。二人きり、で……」

そして、俺の枕を抱え寝たまま詰(なじ)ってきた。明らかに御機嫌斜めだ。

明鈴(メイリン)と瑠璃(ルリ)は白玲(ハクレイ)にとって貴重な同年代の友人であり、冬の間ずっと一緒に過ごしたこともあって良好な関係性を築いたように思う。姉妹みたいだった。

が……夜話だけは違うらしく、独占したがるのだ。

俺は盤と駒を引き出しに仕舞い、反論する。

「二人きりじゃない。ユイがいた」

「そんな言い訳は聞いていませんっ！」

がばっと起き上がり、白玲が寝台を手でバンバン。

以前は驚いていた黒猫も慣れたもので、夜具の上で丸くなっている。

肩で息をし、銀髪を逆立てながら幼馴染の少女は暴れた。

「昼間はあーだこーだと言い争ってるくせに、どーして夜になると二人で仲良く対局をしているんですかっ⁉　おかしいですっ！　変ですっ！」

「お、俺に聞くなよ」

「う～……」

不満も露わに大きく頰を膨らまし、白玲はそっぽを向いて寝台に座り直した。

次いで、

「――ん」

「うん？」

自分の隣を軽く叩いた。え、えーっと……。

俺が頰を掻いていると、白玲が拗ねた目で睨み、繰り返す。

「分かった、分かったって。お、怒るなよ」

我が儘な張家の御姫様に屈し、隣に腰かける。

すぐさま、俺の膝上に頭を載せてきた。

「……まったく、隻影は酷い人です。昼間は明鈴に抱き着かれ、夜は幼気な瑠璃さんをたぶらかすなんて。何か申し開きはありますか？」

春が近いとはいえ、夜になれば相応に冷える。湯たんぽがなく、火鉢も遠ければ猶更だ。

俺は白玲の肩に夜具をかけ、再びの反論を試みた。

「……どっちも冤罪」「有罪です。私が決めました」

「ひ、ひでぇ」「酷くありません。酷いのは隻影です」

普段もよくこうして不平不満を吐き出しはするものの、今晩は一層辛辣だ。

乱れた少女の銀髪を手櫛で整え、ポツリ。

「明鈴はともかく、瑠璃はなぁ」

「……何ですか？」

上半身を起こした白玲が、夜具を俺にかけてきた。「……風邪を引かれたら困るので」

と早口で呟き、目で先を促してくる。

「いやな——多分だがあいつ、自分の色恋沙汰をまだ理解してないと思うぞ？　対局している時なんて完全に子供そのものだしな。歳よりも幼く感じるくらいだ。俺のことを同年代の餓鬼だと思っているんじゃねーか？」

軍師としての瑠璃は本当に凄い奴だし、全幅の信頼を置いている。

だが……早寝早起きで、負けず嫌いで、人見知りな少女こそ、瑠璃の本来の姿な気もするのだ。毎晩、眠くなるまで俺の部屋に入り浸っているのは単に寂しいからだろうし。

「……それは……そうかもしれませんが……。明鈴も同じようなことを……」

白玲も思い当たる節があったのか、言い淀んだ。

すかさず、俺はからかう。

「あ！　やっぱり、お前もそう思っていたんだな？　よしよし、これで同罪だ！」

「なっ！　ひ、卑怯ですよ、隻影っ‼」

「ふっはっはっ！　勝てばよかろう、なのだぁぁぁ」

「……う〜」

唇を尖らせ、白玲が俺の腕をぽかぽか殴ってくる。

——風が窓枠を揺らし、ユイは耳を動かした。

銀髪の少女は身体を傾け、自分と俺の肩にくっつける。

嫌じゃない沈黙の後、真摯な謝罪。

「……春燕、引き離しちまって悪かったな。お前、あいつのことを気に入ってたのに」

「それを言うなら貴方だって、空燕を気に入ってましたよね？　『目端が利く』って」

「まぁ、な」

先の死戦が初陣だったにも拘わらず、生き残った異国出身の双子を臨京へ送り出したのは、完全に俺の我が儘だ。

戦場で類稀な才を示したからこそ……少年少女は死に易い。

多くの者は調子に乗ってしまうからだ。各文献がその冷厳な事実を教えてくれる。

これは千年前も、今の世も変わらないだろう。

生きていれば、あの双子は何れ張家に多大な恩恵を齎してくれる。死なすには惜しい。

……張家に拾われて以来、自分の我を押し通したのは、白玲絡み以外だと初かもしれん。ま、春燕は白玲付きだったんだが。

長椅子の上で丸くなって眠る黒猫を見つめ、零す。

「本当はお前も明鈴と一緒に都へ、っ！　は、白玲さん……？」

俺の首筋に白玲が犬歯をつけ、ギロリ。

頬がほんのりと染まっている。

「……続きを口にしたら、噛(か)みます」

「もうしてるじゃねぇかっ⁉　ええぃ、張(チョウ)家の御姫様(おひめさま)ともあろう者がはしたないっ」

「大丈夫です。貴方しか噛まないので。かぷっ」

「どういう理屈っ！　うおっ」

俺がなおも噛み続けようとする白玲(ハクレイ)を止めようとすると――逆に押し倒されてしまった。

間近には誰よりも見て来た少女の顔。

瞳は潤み、そっと俺の頬を指でなぞってくる。

「私は貴方の傍(そば)にいます。時には背を預けて。時には背を預かって。……たとえ」

嗚呼(ああ)……こいつも気づいていたんだな。

次の戦は『赤狼(せきろう)』や『灰狼(かいろう)』、そして、あの恐るべき黒衣の将――瑠璃(ルリ)の両親や一族の仇(かたき)であり、追撃戦で徐飛鷹(ジョヒヨウ)率いる徐(ジョ)家軍残余を壊滅させた【黒刃(こくじん)】ギセンと戦うよりも、遥(はる)かに困難であろうことに。

少女が俺に誰よりも美しく微笑(ほほえ)みかける。

「それが死を覚悟しなければならない戦場であったとしても」

「………白玲」

戦場の拾われ子である俺を、字義通り救ってくれた恩人に手を伸ばす。

すると、白玲が倒れこんできた。

寝台脇の【黒星】と【白星】が音を立てる。

俺の手を取り、自分の心臓に押し付け、銀髪の少女が目を閉じた。

「今更、『自分一人を犠牲に』なんて、絶対にさせません。……させません」

小さく静か。なれど――恐ろしいまでの覚悟。

俺は少しだけ躊躇した後、白玲の肩を抱く。

ビクッ、と華奢な肢体が震えた。

背中をゆっくりとさすり、幼名で呼びかける。

「ったく……雪姫は我が儘だな」

「……何度も言わせないでください。貴方にだけです」

「じゃあ、俺が我が儘を言ったら？」

「勿論聞きません」

「酷いっ！　張白玲様、酷いっ‼　王明鈴よりも悪辣っ‼」

「そこで、あの子の名前を出さないでください。噛みますよ？」

「だ、だから、噛むなって！」

「「――ふふふ」」

二人して笑い合う。何時の間にかやって来ていたユイもちょこんと座り一鳴き。

大丈夫だ。俺達は一緒にいる限り、絶対に戦場で死にやしない。

この千年で様々な伝説に彩（いろど）られた【双星の天剣（てんけん）】を持つ者は、戦場で斃（たお）れることを許されてはいないのだから。

手と手を合わせ、頷（うなず）き合う。

「ま、よろしくたのんだ」

「はい。たのまれました」

＊

「偉大なる【天狼（てんろう）】の御子――アダイ皇帝陛下！　ご尊顔を拝し、恐悦至極に存じます。文武百官、御前に参集致しましたっ！　御命令をっ‼」

玄（ゲン）帝国が首府『燕京（エンケイ）』。

皇宮中枢の大広間に、戦場で獅子吼するかのような老元帥の重々しい声が響き渡った。

場を支配する緊張と高揚。悪くない。

玉座に座る私――玄帝国皇帝アダイ・ダダは鷹揚に左手を掲げ、命じる。

「皆、よく集まってくれた。面を上げ着席し、楽にせよ」

『はっ！』

一糸乱れぬ様子で将と文官が頭を上げ、用意された席に腰かける。

我が国の誇る『四狼』の内、北方で赫々たる戦果を挙げた『金狼』『銀狼』兄弟。

作戦計画を変更し呼び寄せた、玄最強の勇士【黒刃】こと【黒狼】ギセン。

他にも綺羅星の如き猛将、勇将、智将がずらり。

北西で蛮族を掃討している【白狼】と【西冬】を任せた軍師のハショを除き、主だった将の全員がこの場に集まっている。

前世の私――煌帝国『大丞相』王英風であっても、満足を覚える陣容と言えよう。

無論、【天剣】を持ちし畏友、煌帝国『大将軍』皇英峰一人に勝るものではないが。

私は片手を肘当てに乗せ、何でもないかのように告げた。

「此度、各地より皆を呼び寄せたは他でもない――南征の件だ」

炉の中で薪が割れ音を立てる中、ざわめきが起こる。

言わずもがな、全ては好意的なものだ。我が臣下に天下統一を疎む輩はいない。

従者から右手で酒杯を受け取る。

中身は桃の大樹が一年中咲き誇る『老桃』で造られた酒だ。

「ここ数日で寒気も緩んで来た。大運河の氷も融け始め、もう少しで船の航行にも支障はなくなろう。栄の良将と勇敢な兵共は西冬の地で土へと還り、今や我等を遮るものは、敬陽に籠る張泰嵐のみ」

七年前——戦場で先帝が崩御、私が即位した際、本営へ遮二無二に襲い掛かってきた黒髭の勇将を思い出す。因縁は絶つべし。私は酒を一気に飲み干した。

立ち上がり、百官を見下ろす。

長い白髪をかき上げ、女子の如き細い手を翳す。

「いい加減、奴との戦いにも飽きた。決戦を覚悟せよ」

『**オオオオオオオ！！！！！！！！！！！！！！！！**』

皆が拳を突きあげ、雄叫びをあげた。

戦意頗る高し！

『将兵ってのは積極策を好むもんだ。兵は拙速を、ってやつだな』

……英峰、お前は何時だって正しいな。

私が前世の畏友を想っていると、最前列にいた筋骨隆々でくすんだ銀色の軍装を身に纏った短軀の男――『銀狼』オーバ・ズソが床に拳をつきつけた。

「陛下！　先陣は是非とも臣にお任せくださいっ‼　グエンとセウルの仇、我が長斧にて必ずや取って御覧にいれますっ‼」

「『銀狼』殿は北方戦線にて大功をあげられたばかり。陛下、どうぞ私めの蛇矛にも機会をお与えくださいますよう……」

長身細身で狐を思わせる、軍装に金を散らした将『金狼』ベテ・ズソも口を挟む。

対してオーバが食ってかかった。

「兄者っ！　あれは俺の手柄じゃねぇよ。全部、兄者の策がうまくいったせいだろう？　なのに、戦功を俺に押し付けてよぉ……」

「全てはお前の武故に成し遂げられたのだ。私は何もしていないよ」

「だけどよぉ」

「弟よ、兄はお前の栄達を常に望んでいるのだ。早く私よりも偉くなれ」

外見はまるで似ていない玄の名門、ズソ家の兄弟が武功を譲り合う。

兄は弟を。弟は兄を。

大草原で馬と共に生きてきた玄人にとって、血の繋がりは何よりも重要なのだ。

単純だ。しかし……少しだけ羨ましい。私は老元帥に目配せする。

「うっほん――両将共、陛下の御前であるぞ？」

「「……失礼致しましたっ‼」」

先々代にも付き従い、多くの将達を育て上げてきた老将の一言を受け、二頭の『狼』が背筋を垂直に伸ばす。

北方蛮族達を震え上がらせたズソ兄弟の滅多に見ない姿に皆が失笑を漏らし、実直をもってなるギセンですら目元を動かした。私は小さき左手を振る。

「良い良い。仲良きことは美しい」

全くもってその通りだ。

嗚呼……英峰（エイホウ）。英峰（エイホウ）よ。

悔いなく逝（い）っただろう暁明（ギョウメイ）が今世にいないのは分かるが……お前が傍にいてくれれば、私は面倒な皇帝なぞせず、内政に専念出来るのだぞ？　薄情な奴（やつ）め。

心中で愚痴を吐き終え――腰の短剣を抜き放つ。

「先陣は『金狼』『銀狼』」

「「**はっ‼**」」

犬歯を剝（む）き出（だ）しにしたズソ兄弟が拳を打ち鳴らす。

張泰嵐と謂えど、『四狼』二人には敵うまい。強き者と戦えば味方は傷つく。

無論、まともに戦わせるつもりもないが。

短剣を動かし、敬陽西方を西冬軍と共に攻める筈だった左頬に深い傷を持つ黒髪の勇士へ命じる。

「後詰は【黒狼】と新編された『黒槍騎』。――ギセン、西冬よりの長旅御苦労であった。出撃まで、まずはゆるりと疲れを癒すべし」

「……御意」

疑問もあるのだろうが、玄最強の勇士は感情を表に出さず頭を垂れた。

この者には、不遜にも【天剣】を持つという張家の息子と娘を討つか、もしくは捕えてもらわねばな。

「私は全軍が集結次第、大河の『三星城』へと入り、我が軍師ハショが率いし西冬軍十万と呼応――」

短剣を鞘へと納め、百官達に此度の作戦目的を示す。

「一挙に敬陽を攻略せん。さすれば遠からず天下を統一出来よう」

『万事、我等にお任せあれっ！！！！！！！！！！！！！！！』

皆が唱和し、大広間を震わせた。

やはり、悪くはない。充実している、と言ってもよかろう。

……だが、足りぬ。心の飢餓が満たされぬっ。

どうしても、英峰がいてくれれば、と思ってしまうのは宿痾か。難儀なことだ。

喧騒の中、オーバが手を挙げた。堂内が静まり返る。

「陛下、軍師殿に騎兵をお与えにはならないんで？」

敬陽西方は平原が広がり、我が軍の大半を占める騎兵が力を発揮出来る土地。質問はもっともなものだ。

私は従者に指示し、巻き物をオーバへ下賜する。密偵が現在の敬陽を描いたものだ。

西方には無数の防塁と蛇の如き長大で複雑な壕。

「こいつは……」

「どうやら彼奴は小癪にも敬陽西方に対騎兵用の陣地を築いているようだ。強攻すれば、犠牲が増えよう？　勝ち戦で兵を無意味に殺す愚か者にはなりたくないものだ」

「おお……何て慈悲深き御言葉………」

オーバが短軀を震わせ大粒の涙を零す。大草原生まれの者達は気質が純朴だ。

表だけでなく、裏にも理由が？　とは思いもしない。

燕京（エンケイ）で生まれたという、オーバの兄であるベテが申し訳なさそうに口を開いた。

「陛下、今一つ……」

「許す。申してみよ」

「有難（ありがた）きこと」

『金狼』は百官の末席を指し示した。

――三十前後の地味な顔の男。

「そこの末席に座りし栄人の将は何者でしょうや？　憚（はばか）りながら……七年前の南征時、戦場で見た記憶がございます」

「…………」

男は答えない。

玄（ゲン）国内において事実上、国を滅ぼされたかつての北栄（エイ）出身者の地位は高いものではないのだ。事実、居並ぶ百官の視線は冷たい。

私の代となって以降、民族、身分に関係なく人材登用を推し進めてはいるが……。

路半（みち）ば、といったところか。

冷たい思考をおくびにも出さず、称賛する。

「我が『金狼』、見事ぞ！　そ奴は栄の降将が一人、魏平安だ」

「恐れ入り奉ります」

ベテは深々と頭を下げ、引き下がった。

智将として知られるだけあって、私の意図を理解しているのだろう。

「前年、我等は【西冬】を降し、不遜にも侵攻してきた栄の輩共を『蘭陽』の地にて大破した」

敬陽に対する二正面攻勢態勢の確立。

大局を鑑みるに——我等は既に勝利している。

張泰嵐とその娘と息子が如何に戦場で奮戦しようとも、何れ【栄】は我等の圧迫に屈してこよう。

老宰相楊文祥は少しばかり厄介だが、臨京の宮中に忍ばせている『鼠』も使える。

——それでも、私は油断なぞしない。

「だが、同時に『赤狼』グエン・ギュイと『灰狼』セウル・バトを喪った。このこと、痛恨なり」

この場にいただろう忠誠無比だった二頭の『狼』を想う。

ギセンと【白狼】を加え、『四狼』態勢には復しているが……将を喪う指揮官なぞ、愚かに過ぎる。

英峰は指揮下にあった将を唯の一人も喪わなかった。

百官達に力強く通達する。

「よって、此度の南征においては石橋を叩くこととした。その一翼を担うのが平安だ。北東辺境の地での戦功は比類ない。以後、見知りおけ」

『……御意』

不承不承、といった様子で玄の狼達は頭を垂れた。

偏見を払拭するには時がかかりそうだ。

表情を意図的に崩す。

「では、皆も杯を取るがよい。今宵は飽きるまで共に酒を酌み交わそうぞ」

静まり返った深夜の大広間で私は一人、酒を呑む。

宴はとうの昔に終わり、傍で護衛として控えているのはギセンだけ。

……明日は老元帥に諫言を受けるかもしれぬな。

質素な花瓶に飾られた『老桃』の花を愛でていると、柱の影が揺らいだ。

「ギセン、良い。客だ」

「…………」

反応しかけた黒衣の勇士を制し、酒を飲み干す。

姿を現したのは狐面を被った小柄な人物。

『千狐』なる闇に潜む密偵組織の者だ。名は、蓮、であったか。

挨拶もせず、用件を告げてくる。

「貴様の計画通り——現在、憐れな徐家の長子に田祖が『毒』を仕込んでいる。遠からず墜ちよう」

「そうか」

短く応じる。徐家の長子はそこまで憐れで愚か、か。

栄の老宰相、楊文祥……貴殿の命運もどうやら定まったようだな。残念だ。

蓮がギセンを一瞥し問うてくる。

「ハショを都へ呼び寄せなかったのは何故だ？　敬陽の防備が増強されているとはいえ、【黒刃】までも取り上げるとは」

「その方があ奴は奮起する。情を捨てきれぬ軍師には多少の冷遇が一番効くのだ」

『千狐』崩れであり、【王英】の軍略を修めたと自称する、未熟な軍師を思い出す。

稚気が面白きあの小人は誇り高く、また中途半端（ちゅうとはんぱ）に良識を持っている。『灰狼』セウル・バトの死に責任を感じてもいよう。
功績を挙げようと智謀（ちぼう）を振り絞れば良し。失敗しても……十分な助攻となる。

私は巻き物を広げ、目を落とす。

敬陽（ケイヨウ）を守る城壁の如（ごと）く、大河沿いに築かれた『白鳳城（はくほうじょう）』。

「例の件――【御方（おんかた）】の見立てに間違いはなかろうな？」

「自信満々だった。戦後『褒美（ほうび）が欲しい』とも。仮に外れたとしても、貴様の勝ちは揺らがない」

あの仙術にかまける西冬（セイトウ）の闇に蠢（うごめ）く紫髪の妖女がそうまで言うならば、信を置いてもよかろうな。

滑るように近づいてきた蓮（レン）が詠（うた）うように私の作戦を耳元で囁（ささや）く。

「敵軍を圧する大兵。北と西からの同時侵攻。そこに加えて――」

気づかぬ内に大河下流部分に斬り込みが走っている。

狐面（きつね）の奥に冷たい蒼眼が覗（のぞ）いた。

「厄介な張泰嵐（チョウタイラン）を敬陽（ケイヨウ）から引き離せば、栄（エイ）軍に勝ち目はない。たとえ、【双星の天剣（てんけん）】を持つ者達がいようとも。――武運は祈らない。その必要が見いだせないから」

密偵は柱の影に入り、消えた。

私を利用し、天下の統一を望む奇妙な連中ではあるが……【御方】と同じく、使いようであろう。

暗き天井を眺める。

「憐れな徐家の長子とやらを使わずに済めば良いのだが。如何な私でも、多少の憐憫は抱いている故な。……だが、それは別にしても」

私の策を英峰はどう思うであろうか……？

非道だと責めようか？　それとも、納得してくれるだろうか？

答えはないまま、私は目元を手で覆い――決意を固めた。

炉の炎が風で激しく揺れる。

「張泰嵐――そして、【天剣】を持つ者達との因縁、此度で全て終わらすとしよう」

第二章

「おお～……ちょっと見ない間に随分と工事が進んだもんだな」

眼下に広がる光景を見て、俺は感嘆した。

明鈴(メイリン)達を『臨京(リンケイ)』へ見送って早半月。

『隻影(セキエイ)、奴等(やつら)の侵攻が再開される前に今一度軍を鍛え上げる。手を貸せ』

親父(おやじ)殿からそう請(こ)われ、結局今日まで『敬陽(ケイヨウ)』の西方側には来られず、白玲(ハクレイ)と瑠璃(ルリ)に任せきりになっていたんだが……。

「何重にも土塁を造って、無数の壕を張り巡らせ、状況確認用に櫓(やぐら)を築く。瑠璃(ルリ)の言っていた通り、大したもんだ！」

監視用櫓の上で俺は、この場にいない軍師を褒(ほ)め称(たた)えた。

周囲の兵士達が失笑を漏らしたので、『何が可笑(おか)しいんだ？』と大袈裟(おおげさ)に肩を竦(すく)める。

今度は隠し切れない大きな笑い声となり、陣地構築に余念のない兵達や、土木作業を手伝ってくれている住民達までもが顔を上げた。

手を振ろうとすると、隣からこれ見よがしな咳払(せきばら)い。

「——こほん。隻影(セキエイ)、はしゃがないでください。皆が見ているんですよ？」

この半月の間、夜話で情報交換はしていたものの、昼間は行動を共に出来ていなかった白玲(ハクレイ)が、蒼(あお)い瞳を閉じて俺を注意してきた。

腰には【白星(はくせい)】を提げ、白基調の軍装だ。緋色(ひいろ)の髪紐(かみひも)で結った銀髪が、柔らかい春の日差しを反射する。

「本心だって。邪魔したな」

『はっ！』

見張りの兵士達に礼を言い、梯子(はしご)を伝い下へ。白玲(ハクレイ)も隣の梯子から追いついて来る。

途中で周囲を見渡し、停止する。絶景だ。

「隻影(セキエイ)、危ないですよ！」

「……おお」

白玲(ハクレイ)に叱られ、降下を再開。怖い御姫様(おひめさま)には逆らえない。

に、しても……。

後方には敬陽(ケイヨウ)の城壁。前方には、土塁と地面に掘られた蛇のような壕(ごう)と大平原。

見晴らしは最高なんだが、監視塔は投石器から真っ先に狙われるかもな。

【玄(ゲン)】の属国となった【西冬(セイトウ)】は技術力に優れている。

以前の敬陽(ケイヨウ)攻防戦や、蘭陽(ランヨウ)の会戦では大型投石器による攻撃で痛い目を見た。

土塁と壕で騎兵や重装歩兵の動きは妨害出来るだろうが、石弾や金属弾の損害をどれくらい防げるかは戦ってみないと分からない、か。

つらつらと考えていると、無事地面に到着。途中で白玲(ハクレイ)を追い抜いていたらしい。もう少しなようだが、近づき手を差し出す。

「大丈夫かー？」

「大丈夫です……子供扱いは止(や)め、あ！」

ぶつぶつ言いながらも、銀髪の少女は手を取り——油断したのか、梯子を踏み外してしまった。俺に抱き着くように地面へ降り立つ。

兵と住民達が歓声をあげ、口笛や指笛を吹き鳴らす。

「わ、若様⁉」「ついに御覚悟を？」「みんな、落ち着け！　落ち着くんだ‼」「軍師様の御言葉(おことば)を思い出せ、御二人にとってはこの程度は日常だぞ？」『確かにっ！』……こいつ等。あと、瑠璃(ルリ)の奴(やつ)は後で説教する。

「——……あう」

俺の腕の中で白玲は頬と首筋を林檎のように真っ赤に染め、身体を小さくした。

背中をさすって、手を離す。

「……隻影の馬鹿………」

上目遣いをしながら、白玲は不満そうに唇を尖らせた。……いや、どうしろと？

頬を掻き、真面目な感想を述べる。

「『騎兵を止めるなら土塁と壕』。大方の軍略書に書いてあることだが、ここまでの規模だと壮観だ。瑠璃の執念だな」

白玲が手で自分の服装を整え、次いで俺の軍装を整えた。

蒼眼には怜悧さ。

「例の投石器対策でもあるんだそうです。瑠璃さんは、鹵獲品の試射と蘭陽での実戦で、正確な射程を算出されました。監視櫓は、前列の防塁がある地点に投石器を設置しないと届かない位置に建てられています」

「ああ、なるほど。本体を設置しようにも、ここまで土塁や壕だらけだとそもそも難しいしな。平にならすだけでも面倒だ。……いや、気付かなかった俺達が馬鹿だなけか」

「瑠璃さんが賢いのは同意しますが、馬鹿なのは貴方だけです」

「なっ!?　きったねぇぞっ！」

会話を交わしながら、互いに調子を取り戻していく。

瑠璃が先に寝ちまうのもあって、日課の夜話は基本二人きり。

半月ぶりにこうして陽の下で会ったせいか、変に緊張していたのかも？

後頭部に両手を回し、陣地内を歩きながら隣の少女に問う。

「瑠璃の奴、『白銀城』はどうするって？」

「廃城を父上に進言されたそうです。『残念だけど……張家にはもう一兵すら喪う余裕もないのよ』と。偵察は騎兵の数を増やして対応をするみたいです」

「容赦ねぇなぁ。ま、賛成だ」

西の平原にある廃砦跡に築かれた出城は、『赤狼』襲撃時に活用されたものの、その後は半ば放棄されていた。

数百の兵では万を超す敵軍に対して『楯』にもならない。改修も無意味。なら、全兵力を敬陽に集中するのは理に適っている。

やがて、俺達は実際に土塁と壕を造っている現場へ到着した。

作業中で土塗れの皆の手には例の奇妙な工具——円匙が握られている。

「あ、若だー」「白玲様！　今日も御綺麗です」「どうかされたんで？」「延々と土を掘っては積み、掘っては積みでさぁ」「この工具、便利ですよ！」

俺達に気付き、兵と住民達が次々と声をかけてきた。

士気極めて高し！

以前の侵攻と違い、【張護国】が敬陽にいる、というのも大きいのだろう。

躊躇なく現場へ踏み入る。

「現場を見ろって、軍師殿とうちの御嬢様がうるさくてな。ほら、お前等とっとと掘って、積めっ‼　塁は高く。壕は深く――北の馬人共に苦労をさせろ。良～し！　折角だ、俺が手本を見せてやる。そこの工具、借りるぞ」

わっ、と大歓声があがった。

俺は別に偉くもなんともないが、現場で指揮官が身体を動かして、汗をかくことには意味がある。

たとえ、それが演技でも。

連帯感、というやつだろうか？

そういう意識を兵達に持たせるのが良い将なのだ。暁明は特にそいつが上手かった。

人の本質はたかだか千年程度で変わらない。

立て掛けてあった円匙で土を掘る。

「へぇ～。やっぱり、こいつは鍬よりも使い易い、なっとっ！」

明鈴に調達してもらう物がまた増えた。栄軍の正式装備にしても良いくらいだ。

剣状の穂先を地面に突き立て、俺は振り向いた。

「白玲、俺は此処で作業をしてるから、視察を続けて――」

「これ、借りますね」

円匙を手にし、銀髪の幼馴染が俺の隣へ。

お澄まし顔で一言。

「……私もします」

「いや、そいつは」

はみ出ていた石に円匙が突き立てられ、綺麗に切断された。うわぁ、すげー切れ味。

白玲がそれはそれは美しく微笑む。

「し・ま・す。良いですね？」

「お、おお……わ、分かった」

こくこく、と首を動かして同意する。

……何でそんなに怒るんだ？

「若、よわい～」「白玲様も大変なのですね……」「助かりまさぁ」「慣れて来ると、楽しいもんですぜ」「御二人の共同作業、みんなにも知らせなきゃっ！」

「お前等……？」

ギロリ、と周囲の連中を睨みつけると、一斉に散って作業へと戻って行く。

俺は黒髪を掻き乱し、慣れない手つきで工具を操る少女へ愚痴った。

「……ったく。兵と一緒に塁を造って、壕を掘る名家の子女なんて、天下でも張白玲くらいだぞ？　俺は拾われ子だから、別として」

「………………」

勢いよく円匙を造りかけの土塁に突き刺し、銀髪の美少女が此方を向いた。

ただならぬ気配！

おすおずとお伺いを立てる。

「は、白玲さん？　ど、どうかされ、ひっ」

不覚にも情けない声が出た。

頬に強風を感じると共に白玲が左手を突き出し、俺を土塁へと追いやったからだ。

美少女の顔にはありありと強い拗ね。

「……貴方も」

「う、うん？」

動揺の余り、ぎくしゃくとしながら次の言葉を待つ。

兵や住民がニヤニヤしながら俺達を見ているのが分かった。くっ！

だが、当の白玲は気づかず間近で詰ってきた。

「貴方も『張家』でしょう？　どうして今、自分を例外にしたんですか？　もしや……『張』を名乗りたくないと？　ふざけていると、幾ら温厚な私でも怒りますよ？」

「温厚？　俺には何時も厳しい――」

今度は右頰に風を感じた。土塁に拳が突き刺さる。

張白玲が両手を引き、満開の花が咲いたかのような笑み。

「何か？」

「アハ、アハハハ。じ、冗談、冗談だって。あ、水飲むか？」

「…………」

顔を引き攣らせながら懐から竹筒を取り出すと、細い手に奪われる。

……情けないだって？

何事も命あっての物種だ。あと、機嫌を取っておかないと、今晩何時まで経っても自室へ帰ろうとしないだろうし。

でも、拾い子なのは事実だし俺は悪くない――周囲の連中達の目がこう言っている。

『若が悪いですっ！』

……この場に味方はいないらしい。世知辛い。

脱力し、円匙へ目を落とす。

明らかに今までの工具よりも陣地構築に向いているんだが。

「もっと数を増やさないとだなー」

「瑠璃（ルリ）さんもそう仰（おっしゃ）っていましたが……」

「間に合わないだろうな」

水を飲み終えた白玲（ハクレイ）から竹筒を受け取る。

今から頼んでも、玄（ゲン）の侵攻開始前にはまず届かない。

王明鈴（オウメイリン）でも、臨京（リンケイ）と敬陽（ケイヨウ）との間にある距離を完全に克服することは出来ないのだ。それは例の外輪船を用いても同じこと。

火槍（かそう）や俺が使っているような強弓も数を増やしたかったんだが……いや、繰り言だ。

全ては近く始まるだろう『決戦』が終わった後に考えよう。

「隻影（セキエイ）、今は」「……応！」

白玲（ハクレイ）も同じ想（おも）いだったようだ。あ、頬に土がついていらぁ。

後で取ってやらないと――

「隻影（セキエイ）様！　白玲（ハクレイ）様！　此処でしたか‼」

潑剌とした若き将の声によって思考を遮られる。

早足でやって来たのは、数々の激戦を生き延び、今では立派な将として認められている礼厳の縁者——庭破だった。

俺は傷だらけの鎧兜に身を包んだ庭破へ円匙を手渡し、命じた。

「分かってる。瑠璃の催促だろ？　後は任せた」

「はっ！　お任せくださいっ‼　……急がれた方がよろしいかと」

仙娘様はご立腹のようだ。

いや……火槍の見学に来るらしい、礼厳達の相手を一人でしたくないだけか。

俺は白玲へ向き直る。

「移動しようぜ。爺と軍師殿を待たせるわけにはいかないしな。と、その前に——」

「隻影？」

不思議そうな少女を無視し、俺は竹製の水筒を取り出し、布を濡らした。

汚れた白玲の頬を拭う。

「きゃっ。せ、隻影……？」

大きな蒼い瞳は、昔からどんな宝玉よりも綺麗だ。

『銀髪蒼眼の女は禍を齎す』

千年前にも聞いた黴の生えた言い伝えだが、俺に禍はないな、うん。

手も拭ってやり、背中を軽く押す。

「折角綺麗な顔なんだ。土を付けっ放しで行くことはないだろ？　さ、行こうぜ」

「………………むぅ～」

造りかけの壕から一足先に出て、歩き出す。

瑠璃がいるのは敬陽北方の荒野なのだ。

爺達が新兵器の火槍をどう思う――頬に濡れた布が押し付けられた。

「っ！　は、白玲？」

前方に回り込んだ銀髪蒼眼の少女がお澄まし顔で手を動かす。

ただ、その頬は薄っすら赤く染まっている。

「汚れていたのを拭いただけです。何か問題が？」

「……いや、ない、です」

断固たる決意が見て取れ、俺は全面降伏を選択。為されるがままにされる。

俺達の様子を楽し気に見守っている周囲の兵と住民達が、作業の手を止め表情を綻ばせた。

『若様、大切にされていますね♪』

……目は口ほどにものを言う、とは上手い物言いだな、おいっ。

俺は頬に続き両手まで拭かれながら、怒鳴った。

「ええぃっ！　お前等、散れ、散れっ！！！！！」

さっ、と蜘蛛の子を散らすかの如く、皆が作業へと戻っていく。

親父殿や白玲、礼厳と庭破にだって敬愛だけじゃなく多少の畏怖を感じているだろうに……からかわれているのは俺だけか。いや、瑠璃は可愛がられているかもしれんが。

「ったく、あいつ等め。可愛がるのは瑠璃だけにすべきだと思わないか？」

「瑠璃さんは敬われていますよ。馬を準備しておきます。急いでくださいね」

「なっ、んだと？」

白玲に残酷な現実を突きつけられ、俺は愕然とする。

そ、そんな……あのチビッ子軍師殿が？　馬鹿なっ！

緋色の結い紐と銀髪を靡かせ、上機嫌な様子で歩いて行く少女の背中を睨んでいると、庭破が話しかけてきた。

「皆は張将軍、白玲様と軍師様、そして――隻影様を信じているのです。私もですが」

「親父殿は無論、白玲と瑠璃はともかく、俺を信じるとは奇特だな」

ぶっきらぼうに返し、作業現場を見渡す。皆の顔には真剣さと笑みが溢れている。

――敵は大軍。味方は寡兵。

増援の見込みはついぞなく、ただただ奮闘あるのみ。

そんな絶望的な戦況であっても敬陽に生きる者達は諦めてなぞいない。

なら、俺も最善を尽くそう！

静かに青年武将へ質問する。

「庭破――西冬帰りの連中は、何時でも動けるな？」

「志願組も加え約三千騎。全員騎射可能であります」

北方の『白鳳城』に精兵三万。親父殿が反撃用に握られる予備兵力の一万。

敬陽西方の守備隊二万は動かし難い。

俺と白玲が一隊を率い、騎兵の機動力に物を言わせて戦場を駆け回らないと……勝ち目はない。

捕虜の話によれば、先の敬陽攻防戦時、『赤狼』グエン・ギュイが西方への正面攻撃に固執、軍を分派し『白鳳城』の後背を突かなかったのは、将としての意地によるもの。

それ以上それ以下でもない。敵将が誰かは分からないが、因縁もないわけだし。

穏やかな春の風が吹き荒れ、新しい土の匂いを運んできた。

庭破の心臓に拳を押し当てる。

「冬はもう去った。近日中に奴等の侵攻が始まる。その三千騎は俺と白玲が直率し、瑠璃の指揮に従う。今回の戦は悪戦、死戦だ。色々と覚悟はしておけ」

「はっ！　皆、既に出来しております。御安心ください、張隻影様」

＊

「悪い、待たせた！」「瑠璃さん、お待たせしました」

敬陽北方に広がる荒野。仮設の監視櫓が設置された名もなき丘。

大河南岸の『白鳳城』が遠方に見える地で、青帽子を被った少女——軍師の瑠璃は、古の仙人が作ったと聞く遠眼鏡を覗き込んでいた。

この場にいるのは武装した朝霞と数名の女性兵士だけ。瑠璃は男が得意ではない。

平野部には、奇妙な棒を持つ数百名の兵が整列している。爺達はまだのようだ。

俺と白玲が下馬すると、望遠鏡を仕舞った瑠璃がからかってくる。

「遅かったわね。二人で逢引でもしていたの？　こっちはもう準備済みよ」

「！　あ、逢引って……そ、そんな…………わ、私と隻影はそんなんじゃ。で、でも将来のことは分からないですけど。でも――」

さっきまでの凛とした張白玲は何処へやら。両頬を押さえ、その場で身体を揺らす。

案の定、朝霞と女性兵士達が慈愛の目線を俺と白玲へ向けている。

……うちの家の連中は、白玲に甘過ぎるんだよなぁ。

俺は動揺する銀髪少女を捨て置き、瑠璃へ返す。

「二人で工兵体験をしていただけだ。仙郷『狐尾』生まれで、兵棋大好きっ子なうちの仙娘様が『騎兵と投石器なんて、この私がいる以上、そう簡単に働かせるわけがないでしょう？』という執念は感じた。大したもんだ」

「西冬への交易路を断たれたから、野戦築城が出来ただけよ。……平時なら絶対に不可能だったわ。便利な工具を明鈴が持ち込んだのも大きかった」

「ま、確かにな」

元来、敬陽は交易都市なのだ。他国、他都市を繋ぐ路は大運河と並ぶ生命線。

にもかかわらず、自らの手で交易路に土塁と壕を造らなければならない。

……皮肉だな。

「オト、護衛ありがとう。もういいわ」「はいっ！」

瑠璃が、待機していた短い黒茶髪で若い少女の補佐役へ手で指示を出した。

長身褐色肌のオトも近くの軍旗を取って大きく振り、敬礼をするや軽やかに騎乗。丘を駆け降りていく。元宇（ウ）家軍の小部隊を率いていただけあって反応が機敏だ。

合図を見た平野部の兵士達の動きも慌ただしくなり、整列していく。

青帽子を被り直し、瑠璃（ルリ）が冷静に状況を口にする。

「それでも防衛態勢を整えられたのは西側のみ。率いる敵軍の将が攻めあぐねたら」

「北か南に回り込みますね。隻影（セキエイ）、喉が渇きました。水をください」

「お、おお」

回復した白玲（ハクレイ）が会話に加わってきた。

俺の差し出した水筒を自然な動作で飲み干す姿ですら画（え）になるんだよな、こいつ。

設置された小さな机上に瑠璃（ルリ）が敬陽（ケイヨウ）周辺の絵図を広げ、指を走らせる。

白玲（ハクレイ）が俺の水筒を奪い取るのは日常茶飯事なので、もう慣れっ子なのだ。

『敬陽（ケイヨウ）』の北方に回り込まれたら『白鳳城』が後背を突かれる。南方は最も防衛態勢が薄いわ。かといって、そっちの街道は封鎖出来ないし……」

軍師が表情を曇らせる。

西から敬陽（ケイヨウ）北方と南方へ回り込む路上には、小さな大河支流が走っているだけ。大兵が本気なら容易に突破されてしまう。

瑠璃の補佐役・オト

『赤狼』グエン・ギュイが分かっていながらそうしなかったのは、俺達にとっては幸運だったのだ。一騎打ちで矢傷を負わせ、挑発したことは意味があったのかもしれない。

瑠璃の小さな肩を叩く。

「それに対処するのが、敬陽で総指揮を執られる親父殿と俺達、加えてお前直轄の『火槍』部隊、ってわけだ」

「……部隊を押し付けたのはあんたでしょう？　柄じゃないのに。まぁ、オトに殆ど任せきりにしているけど。あの子を付けてくれて助かってるわ」

「ほどほどにな」

瑠璃付に抜擢された元宇家軍の女性士官は『若いが頗る出来る奴』と評判だ。

何しろ──字義通りの死戦場だった蘭陽の会戦を、自分が指揮していた小部隊と共に生き延び、撤退戦と続く『亡狼峡』の戦いにも参加して戦果を挙げた。

『命を救っていただいた恩返しを』

そう言って、敬陽帰還後も張家軍に参加してくれているのだが……麒麟児の瑠璃の世話をしつつ、『火槍』なんていう新兵器を扱う部隊を実質的に統率するのは難儀だろう。後で労ってやらないと。

今後の予定を決め、俺は隣の木箱を見やった。

先端に竹製の筒が付いた奇妙な木の棒――使い切りの火槍が百本以上入っている。

「で、こいつは？」

「今朝、早船で送って来たのよ、明鈴が。『在庫処分です！』って」

瑠璃が今度は自分で軍旗を振ろうとし「私が」と笑顔の白玲に役を取られた。

平野部ではオトが剣を抜き放ち、兵達へ命令を下している。

唇を尖らせ不満気な瑠璃が火槍部隊へ目をやった。

「……連続使用が可能な銅製の改良型は充足したわ。合計で三百丁よ。竹筒の方は『白鳳城』へ回そうと思ったんだけど、礼厳将軍が『新しき時代の兵器を習得する刻がなく、火急時に混乱を招きかねない』って」

「あ～」「一理ありますね」

最前線を預かる歴戦の老将からすれば、もっともな意見だ。この新兵器は未だ不安定な要素も大きい。

対騎兵用としては有効ではあるんだが……。

俺達が唸っていると、野太い声で名前を呼ばれた。

「隻影様、白玲様、瑠璃殿」

「噂をすれば、か。爺！　すまんな」「礼厳！」「…………」

丘を馬で上がって来たのは、鎧兜を身に着けた白髪白髭の老将軍――『鬼』と敵味方から畏怖される礼厳だった。護衛として俺や白玲とは顔馴染みの老兵達を引き連れている。

流れるように下馬し、礼厳達が興味深そうに木箱を覗き込む。

「これが噂の『火槍』という代物ですか。……雷の如き轟音を発生させるとか？　いやはや、長生きはするものではありませんな」

俺は一本を手にし、くるりと回転させた。

ツン、と火薬の臭いが鼻をつく。

「基本的には威嚇用だ。射程も弓に負けてるし、命中率だって悪い」

「馬には有効なのでしょう。若と瑠璃殿が重視されるのも理解出来もうす」

流石は『鬼礼厳』。

使うつもりはなくとも、俺達の報告書は読んでいるか。

嬉しくなっていると、瑠璃と白玲が袖を引っ張ってきた。

「「（説得！）」」

……この麒麟児共め。

火槍を箱に仕舞い、一応提案してみる。

「爺、改良型は瑠璃の隊で集中運用したいんだが、竹筒の方ならかなりの数を『白鳳城』

へ回せる。使い切りだが、ないよりましだと思うぞ？」

「若……御気持ちは有難く」

白髭をしごきながら、礼巌が頭を下げてきた。

——瞳には不退転の色。

「ですが、我等は些か歳を喰い申した。馬人共の大侵攻が確実である以上、一つでも混乱となり得る要素は排除しておきたい所存」

『どうか、此度限りは御許しをっ！』

老将と老兵達が一斉に俺へ頭を下げてきた。

ここまでされたら何も言えない。

「……分かった、分かった。もう言わん」

「感謝致します」

礼巌はホッとした様子で目元を緩めた。

最前線の将兵は極度の緊張感と日々戦っている。過度な要求は愚者のすることだろう。

新兵器は戦局を決定的に逆転させ得ない。

俺達のやり取りを聞いていた、軍師に折衷案を提示する。

「瑠璃——使い切りの火槍は全部西方の志願兵達へ回せ。武芸の心得がない分、素直に学んでくれるかもしれん。資質がある者はお前の隊に引っ張っていい」

「分かったわ」

意図を汲んでくれたのだろう、金髪の仙娘は反論してこなかった。

どうやら、これで――

「でも、『私』じゃなくて、『張隻影』と『張白玲』の隊よ。間違えないで！」

済むわけもなく、瑠璃は頬を膨らましてそっぽを向いた。

うん、子供だな。切れ者軍師には到底見えん。

白玲と共に青帽子をぽんぽん。

「はいはい」「瑠璃さん、大丈夫ですよ」

「くっ！　な、何よ、その『全部言わなくても、私達は分かっています』みたいな感じはっ！　隻影はともかく、白玲まで……」

「「え～？」」

「あ、あんたたちぃぃ」

天才軍師はその場で地団駄を踏み始めた。

俺と白玲だけでなく、朝霞や女性兵達もほんわか眺めていると、

「ふっはっはっはっ！」

礼厳が呵々大笑した。老兵達も厳めしい顔を綻ばせている。

「～～っ⁉」

急停止し、瑠璃が俺と白玲の背中に隠れる。

それを見た爺は軽鎧を叩き、破顔した。

「何とも頼もしい限り！　大侵攻を前にし、そのようにやり取りをなさる豪胆さなぞ……皆様の歳の頃には持ち合わせておりませんだ。最早、我等の如き老人の時代ではないのかもしれませんな」

「……爺」「…………」

礼厳や老兵達は、大河以北を――故国を奪還する為に、それこそ親父殿が生まれる前から戦い続けてきたのだ。

白髭をしごき、眼下の火槍兵達を見つめる。

「ですがっ！　まだまだ――この爺共も働けもうすっ‼　『白鳳城』は敬陽防衛の要。何より殿に託された城でもあります。我等、死に場所は心得ておりますれば」

『お任せあれっ！』

瞬間――荒野に雷鳴の如き轟音が響き渡った。

火槍の一斉射撃が行われたのだ。

だが、爺と老兵達は動じていない。呆れ半分で称賛する。

「……この古強者共めっ。今回の侵攻を凌いだら、火槍の撃ち方を学んでもらうからな？
勿論、教官役はうちの軍師殿だ」

『誓ってっ！』「……ちょっとぉ？」

瑠璃が不服も露わに俺を見上げてきた。

左手を振り、諭す。

「大丈夫だって。お前は人見知りだもんな。白玲とオトを付けてやるから、な？」

「瑠璃さん、一緒に頑張りましょう！」

「ぐぅ……あ、あんたたち、やっぱり私を子供だと」

正にその時——凄まじい半鐘の音が俺達の耳を思いっ切り打ち叩いた。

『⁉』

こ、こいつは『白鳳城』に設置された侵攻時にだけ鳴らされる大半鐘の……。

爺と老兵達が機敏な動きで騎乗し、

「若！　我等、城に戻り申すっ‼」『御免っ！』

丘を駆け降りていった。

……遂に来たなっ。

幾ら大兵だろうと正面攻撃、しかも防衛戦なら負けやしない。

こっちには【護国】張泰嵐がついているのだ。

「隻影！」「私達も行きましょう！」

「ああ！」

名前を呼ばれ、俺も愛馬へ跨った。朝霞達や火槍兵達も撤収準備にかかっている。

馬上で指示を出す。

「まずは状況を確認し、敬陽へ戻るぞ。瑠璃、何か気付いたらすぐ教えてくれ。相手は玄皇帝【白鬼】アダイ・ダダ。『赤狼』の時と同じ手は使ってこない。白玲は――」

「貴方が暴走しないように見張るのと、貴方に背中を守ってもらいます」

「お、おお」「――……ぷっ」

当然のように言い放った白玲の言葉に俺は動揺し、瑠璃が噴き出す。

馬を寄せ、金髪翠眼の軍師は【黒星】の鞘を叩いた。

「いいじゃない――しっかりと御姫様の背中を守ってあげないとね、【天剣使い】さん？

さ、行きましょう‼」

＊

「隻影様、白玲様、来ました――【西冬】の騎兵です。蘭陽で交戦したので、間違いありません。数は約三千！」

敬陽北西部。大河の名も無き支流近く。

小さな丘の陰から、馬上で望遠鏡を覗き込んでいた短い黒茶髪で背の高い少女――元宇家軍所属で、現在は瑠璃の補佐役を務めてくれているオトがきびきびと報告をくれる。

俺や白玲よりも一つ年下と聞いているが大人びた容姿だ。軽鎧は傷だらけで、この少女が歴戦の猛者であることを教えてくれる。

世話好きで、人見知りの瑠璃が『庭破さんの補佐で敬陽に残るから』とわざわざ望遠鏡を貸し出す程に仲も良好。

つまり、宝石みたいに貴重な人材、というわけだ。

大河北岸にアダイ自らが率いる玄軍主力約二十万が布陣し、敬陽へ重装歩兵を主力とする西冬軍約十万が押し寄せている現状では特に。

俺はオトに手で謝意を伝え、目を細めた。

——間違いない。

金属製の重厚な鎧兜を身に着けた槍騎兵が渡河地点を捜索している。

「こっちも見えた。兵数も、渡河位置も、時刻も……瑠璃の見立て通りだな！　この分だと南の方も動きがありそうだ。ま、あっちは親父殿だから、何の問題もないだろうが」

玄軍の侵攻が開始されて十日。

現状、瑠璃が築き上げた敬陽西方の防御陣地は敵軍を寄せ付けず、脅威だった投石器や攻城兵器にも殆ど仕事をさせていない。将兵の中には、防塁や壕構築に力を発揮した円匙を崇める者すら出てきている程だ。

親父殿は、事前計画通り大河南岸の『白鳳城』に礼厳と精兵三万を入れ、残る三万で敬陽を悠々と守り続けている。西冬軍は正面攻撃しかして来ない為、此方の損害も皆無だ。

『敵将がまともなら、そろそろ状況を転換する為に敬陽の北か南に回り込む筈よ』

金髪翠眼の軍師はそう予測し、偵察を実施した結果、敵軍の動きを丸裸に出来たのだ。

その報を受け、兵数的に主攻と判断された南方には親父殿自らが兵一万を率い迎撃に出ている。北方は今後の為の先行偵察兼助攻なのだろう。

俺の隣で敵軍を観察していた白玲が、呆れた口調で詰ってきた。

「瑠璃さんが凄いことには同意しますが……こんな距離で視認しないでください。前々から思っていましたが、どういう目をしているんですか？　オト達も怖がっています」

「はぁ？　そんなわけ――」

「……望遠鏡を使っても米粒程、だったのですが？」『………』

　黒茶髪の少女を含め、西冬侵攻作戦後に隊へ加わった兵隊が顔を引き攣らせている。

　え、えーっと……。

「ほら」「若は変です」「隻影様は変です」「まー前から変だったしな」

「ええぃっ！　お前等、そこは俺の味方をしろよっ⁉　泣くぞ？　泣いちまうぞ？？」

　白玲を筆頭に古参兵達が虐めてきたので、俺は大袈裟な泣き真似をした。

　控えめな失笑が起こり、緊張が見て取れたオトや新参の兵達も表情を緩める。

　――ま、こんなもんか。

　白玲に目配せし、整列した騎兵達と先端に銅製の筒が付いた奇妙な棒――改良型火槍を持つ兵達に向き直る。

　数は二千程度だが、全員が敬陽攻防戦や蘭陽の会戦を生き延びた歴戦の精鋭だ。

「さて、仕事に取り掛かるか。とっとと敬陽へ戻らないと、ああ見えて寂しがり屋な軍師様が拗ねちまうからな。留守居に抜擢された庭破も胃痛で倒れちまう——総員傾注」

即座に俺へ視線が集中する。悪くない。

ニヤリ、と笑い俺は命令を下す。

「第一撃は俺がする。第二撃は火槍部隊。オト、射撃指揮は任せるぞ」

「はいっ！」

黒茶髪の少女は手の火槍を握りしめ、頷いた。

その瞳には高揚こそあるものの、一切臆していない。歳を考えれば異様な程だ。

……オトを瑠璃付に抜擢したのは親父殿だったが、事前に何かしらを知って？

頭の片隅で考えつつも、言葉を続ける。

「その後は何時も通りだ。俺の後に」「私達の後について来てください」

普段通りの表情で白玲が口を挟んできた。

少しずつ敵軍の隊列が増え、大きくなっていく中、俺は抗議する。

「……おい」「『何時も通り』です」

断固たる意志を示され睨みつけるも——先に視線を外したのは俺の方だった。

黒髪を掻き上げ嘆く。

「まったく……張家の御姫様には困ったもんだぜ。昔は可愛かったんだぞ？　妹みたいで。今は俺にだけ厳しいが」

「当然の帰結です。あと、仮定としても私が姉です」

「グヌヌ……」

情けない俺の姿に古参兵達はますます笑顔になり、火槍兵達も同調する。

——左手を挙げる。

「敵の殲滅（せんめつ）を狙う必要はない。混乱させて退（ひ）かせれば十分だ。殿（しんがり）は俺——」

「隻影（セキエイ）と私が務めます。また、深追いは厳に禁じます。決戦はまだ先です」

『はっ！　張白玲（チョウハクレイ）様っ‼』

敬礼し、各兵が戦闘準備を開始した。

火槍兵達も下馬し、周囲に火薬の臭いが立ち込め始める。

俺は敵兵の位置を確認しながら、白玲（ハクレイ）へ静かに抗議。

「……なぁ」

「殿をするのも『何時も通り』です。次そういうことを言ったら、怒りますよ？」

「もう、怒ってるじゃねぇか——白玲（ハクレイ）、死ぬなよ？」「ええ、隻影（セキエイ）」

拳をぶつけ合う。俺達は二人でいる限り死にやしない。

俺は丘の上から打ち下ろせる絶好の位置に布陣した火槍兵達の傍（そば）へ黒馬を寄せ、弓に矢を番えた。

敵の指揮官は——隊列中央か。

鎧兜が煌びやかなことに加えて、肥えているので酷く分かり易い。

望遠鏡で敵騎兵を観測していたオトが俺に気付き、戸惑いながら問うてくる。

「隻影様？　未だ弓の射程ではありませんが……」

「オト、準備を」

「は、はっ！　射撃用意‼」

白玲の凛とした命令を受け、火槍兵達は半信半疑な様子で射撃体勢を取る。

この奇妙な新兵器の射程は短い。

——がっ、本懐はそこに非ず！

俺は強弓を引き絞り、

『っ⁉』

敵将の左肩を一矢で射貫いた。

煌びやかな鎧兜に春の陽光を反射させながら、肥えた男が馬上から転がり落ち、川に叩きつけられる。兵達が慌てて助け起こそうと隊列を乱す。

矢を速射し、目星をつけていた次席指揮官であろう騎兵を立て続けに射貫くと、敵軍隊列に大きな乱れが生じた。

俺と白玲は、大きな黒の瞳を見開き唖然としている黒茶髪の少女へ叫ぶ。

「「オト！」」

「っ――火槍隊、構えっ！」

三百人の兵が整然と射撃体勢を取り、

「**撃てっ！！！！！**」

号令と同時に、雷鳴もかくやといわんばかりの轟音が鳴り響いた。

指揮官達をいきなり狙撃された敵槍騎兵達に大混乱が惹起される。落馬も相次ぎ、行軍どころではない。

『～～～っ！？！！！』

俺は唇を歪め、待機している味方を肩越しに確認した。こちらに落馬はない。

冬の間、火槍の音に人と馬を慣れさせた甲斐があったな！

オト達が第二射を急ぐ中、俺は何でもないかのように下令する。

「よーし、行くぞ。お前等、遅れずについて来いっ！　遅れたら、怖い怖い張白玲様のお仕置きが待ってるからなっ！」

ドッとその場が湧き、俺達を視認したらしい敵騎兵達の顔は引き攣っていく。戦場で笑っている兵士を相手になんかしたくないのだろう。

古参兵達は兜(かぶと)や鎧(よろい)を叩き——剣や槍(やり)を高く掲げた。

馬を寄せて来た白玲(ハクレイ)のジト目を無視し、下令する。

「**突撃開始っ！！！！！**」『**オオオオオっ！！！！**』

俺の愛馬である『絶影(ぜつえい)』と白玲(ハクレイ)の愛馬である『月影(げつえい)』が機敏に反応し、丘を駆(か)け降(くだ)る。

必死の形相で馬首を返そうとする敵兵に次々と矢を浴びせ、落馬させていく。

討ち取ることは考えず、狙っているのは主に腕か腿(もも)だ。

味方を統率しながら、数を減らす敵先陣を追いやっていると、浅瀬に数十騎が集まり始めた。

へぇ……この戦況でも向かってくるか。

「一隊、ついて来なさいっ！」『はっ！』

銀髪を靡(なび)かせた白玲(ハクレイ)が味方を引き連れ、そんな敵へ容赦なく襲い掛かる。

戦意ある敵の脅威を優先的に見極める――親父殿、貴方の娘は将来とんでもない名将になるかもしれませんよ。

俺は上機嫌になり、白玲達の後背を突こうとする敵隊列に散々矢を射掛け、愛馬を走らせていく。

結果――敵の隊列を突き抜けてしまった俺は馬首を返し、空になった矢筒を捨てた。

「空燕、次の矢筒――……っと」

以前の癖で双子の姉と共に臨京へと脱出させた少年の名前を呼んでしまうも、すぐ気を取り直し腰の【黒星】を抜き放ち、空中で複数の矢を斬り捨てる。

戦況は味方の絶対有利下だが、何時の間にか単騎になっていたようだ。

「くっ！」「仕留めきれないとは……」「軍師殿の御懸念通りだったかっ」「もう一度だ」

「出来るもんならなっ！」

俺を狙ってきた四騎の西冬兵が弓を構える前に、馬を駆けさせて、距離を殺す。

苦し紛れに放ってきた矢を両断し、

「お、おのれ、っ！」「なっ⁉　がはっ……」

若い二騎を金属製の鎧ごと叩き斬る。

手に馴染んだのか、【黒星】の斬れ味は以前よりも増しているようだ。

血しぶきが舞う中、残る壮年の二騎は剣の柄に手をかけ、

「ぎゃっ！」「っ！」

横合いから放たれた白玲の矢が手首を貫くや、馬を乱暴に駆けさせ離脱へ移った。

弓を背負っていると、憤怒の表情で銀髪の少女が怒鳴ってくる。

「油断しないでっ！　死んだら怒りますよっ‼」

「お、俺は死んでも怒られるのか……」

白玲に続き集結してきた古参兵達が『やっちまった！』という顔になり、神妙な様子で俺の周囲を取り囲む。

戦場に再びの轟音。今度は数人の敵騎兵が負傷した。

火槍の第二射によって、敵軍の統率と士気が更に乱れていく中――壮年の敵騎兵が震えながら俺を指差し、絶叫する。

「**ち、張隻影っ！！！！！**」『〰〰っ⁉』

戦意がはっきりと喪われ、敵軍は抗戦を放棄、逃げ出し始めた。

目を瞬かせ、嘆息する。

「……俺も有名になったもんだ。大半は麒麟児な未来の大商人様や、悪辣な軍師殿、厳しい御姫様のせいだってのに……」

「濡れ衣ですね。帰ったら瑠璃さんにすぐ相談します。一応、明鈴にも手紙を」

逃げ散る敵騎兵へ火槍の第三射。戦果は無し。

隊列を組んでいる相手じゃない限り命中率は低い。

瞳の奥に自分への怒りを見え隠れさせている、白玲へ返答する。

「瑠璃はともかく、明鈴は喜ぶんじゃ？」

「……確かに。困ったものです」

すぐに反応するものの、表情も声も硬い。

大方、混戦下で俺を単騎にしてしまい、援護が遅れた自分を責めているんだろう。

仕方ない奴だなぁ。

俺は【黒星】を鞘へ納め、鋭く命令。

「追うなっ！　予定通り退くぞ。オト達にも伝えろ」

『はっ！』

味方が一気に行動を再開し、俺と白玲だけになる。

少し離れた場所に古参兵共がいる所を見るに、気を使われたらしい。

俺は今にも泣き出しそうな少女の手を取り、剣から指を外していく。

「おーい、あんまり気にすんな。援護、間に合ったぞ？」

「……気にしてなんか……いえ、嘘です。……私は貴方を守らないといけないのにっ。すぐ、追いつけると思ったんです……。でも、少しの間だけ見失ってしまって……」

銀髪の少女はかなり落ち込んでいる。

取り上げた【白星】を鞘へと納め、耳元で囁く。

「（俺はお前を信頼しているから、行かせたんだぞ？）」

「（っ！　……その言い方は、ズルいです……）」

「（本心だしな）」

「（……う～）」

幼馴染の少女は唸り、俯いた。

古参兵達へ手を振って礼を示し――ふと、先程の言葉が脳裏を過った。

……敵の『軍師』か。

蘭陽の会戦で、瑠璃は敵軍にそんな存在がいると看破していた。

今回の侵攻戦にも関わって？

……駄目だ。情報が足りない。一時棚下げだな。

オト達が丘から降りて来るのを確認し、俺は白玲の背中を押した。

「戻ろうぜ。きっと今頃、親父殿も南方の敵軍を粉砕している頃だろうしな」

*

「……報告は以上となります、軍師様」

敬陽より西方に広がる大平原の廃砦跡。

その地に築かれた天幕内で、私——玄帝国軍師、『千算』のハショは居並ぶ西冬の将達から敗報を受けていた。既に陽は落ち、布越しに篝火が揺れている。

手に持つ羽扇で口元を隠し、私は淡々と事実を纏めた。

「敬陽南方を目指した二万の軍は渡河の途中、張泰嵐率いる敵軍から側面に奇襲を受け壊滅。北方の渡河地点を探った隊も張隻影なる者の迎撃を受け、戦死者は多くないものの大半が負傷した……。惨憺たるものですね」

『申し訳……ありませんでした』

屈辱に顔面を歪め、西冬軍の諸将が謝罪を告げてきた。私は溜め息を吐く。

侵攻が開始されて以降、敬陽（ケイヨウ）の攻略は無数とも思える敵の防塁と壕（ごう）に阻（はば）まれ、遅々として進んでいない。

大威力の投石器も射程内に都市を捉えられず。石弾で前線の防塁を吹き飛ばしても、すぐに復旧されてしまう。加えて、西冬（セイトウ）自慢の重装歩兵は鬱陶しい敵の防塁を突破することも、壕を乗り越えることも苦手としている。

だからこそ、私の反対も振り切って、南北同時迂回（うかい）作戦を実行したのだろうが、大敗北を喫してしまえば言い訳は出来ない。

……南方はともかく、騎兵を主力とした北方は多少成算があったのだが。

羽扇を卓上に置き、勧告する。

「報告、感謝します。今回の件を踏まえて、作戦を練り直すこととしましょう。負傷者の手当てには万全を尽くしてください」

「……過分な御言葉（おことば）、痛み入ります」

諸将は項垂（うなだ）れ、天幕を退出していった。

これで、二度と私の軍略にケチはつけまい。

広げた敬陽（ケイヨウ）周辺の絵図に目を落とし、額を押す。

「張泰嵐（チョウタイラン）と張家軍（ちょうかぐん）……聞きしに勝る、か」

平然と西冬軍二万を壊滅させているが、張家軍は精々一万だったと聞く。

野戦で倍の敵軍をここまで鮮やかに撃破するとは。

だが——……分からない。

私は懐から、数日前に届いたアダイ皇帝陛下の極秘命令書を取り出した。


『西冬軍の積極策は受け入れるべし』


長い白髪と女子の如き華奢な肢体。

そして、全てを見通されているかのような深い知啓を湛えた双眸。

陛下は無益な兵の損耗を嫌われる。この命令には明確な意図がある筈だ。

防衛態勢が強化された敬陽攻略に苦戦を強いられるであろう西冬の将達が、迂回作戦を提案するのは分かり切っていた。彼等も故国の為、戦功を稼ぐ必要がある。

結果——張泰嵐と張家軍に一蹴されたわけだが。絵図を覗き込む。

大運河で繋がっている『敬陽』と『臨京』。

我等の敗戦は迅速に奴等の都にも届くだろう。も、も、もう一軸の侵攻も。

私はハッとする。

「――……まさか」

「その、まさか、だ」

「！」

涼やかな声に戦慄が走った。恐々振り返る。

そこにいたのは狐面を被り、外套を羽織った小柄な人物だった。

私は慌てて、頭を下げる。

「こ、これは……蓮様！　お久しゅうございます」

「世辞は良い。苦戦しているようだな、ハショ？」

「………はっ。面目次第もございません」

大陸を股にかけ、天下の統一を悲願とする秘密組織『千狐』。

かつての私はそこで養育され【王英】の軍略を叩き込まれた。

その長の右腕を務める謎多き少年とも少女とも分からぬ人物に名を呼ばれ、心臓が縮み上がる。畜生、どうやって此処まで入ったんだ？

私の動揺を無視し、蓮様が絵図の駒を弄ばれる。

「だが――お前が推察した通り、西冬軍の敗北は【白鬼】の計画通りだ。全軍による真正面からの野戦ならいざ知らず、たかだか二倍の兵力差で張泰嵐に勝てる訳がない。故に南を『囮』として、北の渡河地点を探る策は悪くなかった。失敗したのは――相手方に余程目配りする者がいるのだろう」

『灰狼』セウル・バトは四面包囲を行う『狼殺の計』により討たれた。

そうか……またしても、敵の軍師に看破されたかっ。

蓮様が一つ目の駒を敬陽西方へ配置された。

「敬陽西方を見て来た。あの防御陣地はそう簡単に抜けまい。たとえ【黒刃】……ああ、今は【黒狼】であったか。玄軍最強の勇士が率いる精鋭騎兵がいたとしても、な」

「……つまり」

侵攻開始前に『玄軍最精鋭』といって良いギセン殿と旧赤槍騎を引き抜かれたのも不可解だった。

まるで、西冬軍が勝つことを望まれていないかの如く。結論を口にする。

「西冬軍の敗北を誘発することで、『不敗の張泰嵐』を改めて印象付けたのですね？　偽都の住民共と【栄】の中枢――いえ、偽帝本人に」

「人は窮すれば楽な路を通りたがる。そして、私の知る限り偽帝は善人であっても智者ではない。自らが声高に叫んだ西冬侵攻の失敗で、住民から悪口雑言を吐かれれば、追い詰められて目先の藁をも摑む――『敵軍討伐は張泰嵐に任せれば良い』というな」

蓮様が淡々と評される中、私は戦慄していた。

皇帝陛下は……いったい、何時からこの計画を立てられて？

細い指から二つ目の駒が静かに零れ落ち、大河下流の地へ。

「奴の策は成功した――魏平安率いる軍が大河を渡河。『子柳』を落としたようだ。彼の地の防衛隊は戦わずして逃げ散ったらしい。今頃、栄の宮中は大慌てであろう。田祖の任も大詰めだ」

「…………」

かつて、学業の分野で激しく争った同輩の名前に不快感を覚える。

今や私は一国を任される玄の軍師。対して奴は栄帝国内部で陰謀を巡らす工作員。

勝負は私の勝利で終わっている筈だが……まだ足掻くかっ。

蓮様が身を翻され、天幕の裏口へと向かわれる。

「【御方】の予言もアダイの下に届いた。胡散臭い女だが天候を読む力は本物だ。いよいよ――始まるぞ、【玄】と【栄】の命運を分ける決戦が。汝の献身に期待する」

「はっ！　粉骨砕身致します」

返事はなく、天幕内に吹いた冷風が私の頬を撫でた。

どっと、疲労を覚え椅子に身体を預け、考えを巡らす。

蘭陽の会戦で理解した。

西冬の闇に巣食う紫髪の妖女の力は気味こそ悪いものの――有用だ。

戦況は大きく動くだろう。

「『雄敵との直接対決は避けよ』『敵を各個分散させ、全軍を以て撃破せよ』か……」

私が学んだ【王英】の基本的な軍略だ。

陛下は二十万に及ぶ大軍と各地より『四狼』をも招集された。

雄敵である張泰嵐を敬陽から引き離し、その間に大河を全軍で渡河する。

さすれば、『赤狼』と『灰狼』を討ったという奴の娘と息子がいようとも、我等は敬陽を奪取出来るだろう。

「…………」

ふと、私は先程の報告を思い出した。

北方渡河を目指した部隊は死者こそ少ないものの、負傷者多数。

そう言えば……王英風の盟友だったと伝わる皇英峰も、敵を討ち取ることに固執していなかったな。

＊

「いったい……いったいっ、都の方々は何を考えているんですかっ！！！！」

敬陽、張家屋敷の軍本営に白玲の叫びが木霊した。椅子の上で寝ていた黒猫が驚き、逃げていく。椅子に座る軍装の親父殿と俺の隣の瑠璃も厳しい表情だ。

俺は顰め面になり、肩で荒く息をする銀髪の少女を窘めた。

「気持ちは分かるが……少し落ち着けよ、白玲」

「いいえ、今回ばかりは落ち着いてなんかいられませんっ！　隻影、貴方だっておかしいと思っているんでしょう？　**『大河下流より敵軍渡河。『子柳』は既に陥落せり。張泰嵐は軍を率い、これを直ちに討滅すべし』**――私達は今、敵軍の攻撃を受けているんですよ⁉　余りにも馬鹿げていますっ‼　私は絶対反対ですっ!!!」

「…………あ～」

二の句を継げない。内心では俺も同意見なのだ。

敬陽の北西と南方で、俺達と親父殿が西冬軍を撃破したのは今から七日前。

戦況は張家軍優位で固定されてはいるものの……大河北岸の玄軍主力が何時動くかは分からない。幾ら東方で『小火』が起こっていても、それを消しにいける筈もないのだ。

助けを求め、顎に手をやりずっと思案を巡らせている瑠璃へ目で合図。

金髪翠眼の少女は微かに頷き、自分の意見を披露した。

「敬陽北方と西方に圧迫を加え、張家軍が守れない大河下流を渡河する——戦前の想定通りの手ではあるわね。……あります」

「普段通りの口調で構わんよ。この場にいるのは儂の身内だけだからな」

「あ、ありがとうございます」

どっかりと椅子に腰かけられていた親父殿が口を挟まれ、うちの軍師は謝意を示した。照れているらしい。

気持ちを落ち着かせる為か、白玲が後ろから瑠璃を抱きしめ、左眼にかかった前髪を払っているのを横目に見つつ、俺は親父殿に疑問を呈した。

「『**大河東部には関与しない**』——そう、老宰相閣下と取り決められていたのでは？　第一、奴等の騎兵が大河下流を渡ったとしても、まともな運用は出来ないでしょう。現地の軍に任せるべきだと思いますが……」

大河下流は肥沃な土地だが、湿地帯や湖沼も多い。玄の主力である騎兵が動き辛い地形だし、奴等は馬を降りることを基本的に強く忌避する。

張家軍に練度、士気の面で大きく劣るとはいえ防衛軍とて無力じゃないのだ。

アダイや『四狼』が出張って来なければ、地形を利用すれば防衛は容易な筈……。

髪と髭に白いものが一段と増えた親父殿が、重く暗い声を発せられた。

「渡河した玄軍は騎兵ではない。歩兵とのことだ」

「「?」」「歩兵……もしかして」

俺と白玲は理解出来ず、瑠璃が何かに気付く。

直後――稲光が丸窓の外から飛び込んできた。親父殿は吐き捨てられる。

「率いている敵将の名は魏平安。七年前、【玄】に降伏したかつて儂の同輩だった男だ。

侵攻軍自体も、大河北岸に残った【栄】の民が主体であろう――数は約五万」

「！　そいつは……」「そ、そんな……」

俺は絶句し、白玲も口元を押さえる。

……いや、あり得る話ではあるのだ。

大河北岸が喪われて既に五十余年。

その地に残った人々が【玄】を故国と考えてもおかしくはない。……ないんだが。

降将に五万の兵を預ける。これを為したのはアダイの意思だ。

白玲の拘束から抜け出した、瑠璃が身なりを整える。

「征服した民を動員するのは古今東西で行われていることよ。大河以北の地に残った栄人を主体とする部隊だって、此方の前線には姿を見せなかっただけで、北部の戦線では使われていたんでしょう」

「同じ民族の俺達相手だと叛乱の危険性があるからか」

「ええ」

玄国内での栄人の地位は大分下層とされているらしい。

戦場で突然裏切り、かつての故国側に付く可能性を警戒したのだろう。今まで、大河の戦線に姿を現すことはなかった。

瑠璃が居ずまいを正し、親父殿へ双眸を向けた。

「張泰嵐様に意見具申致します——東方への出兵は敬陽を、ひいては【栄】全体を危険に曝すと思われます。軍師の端くれとして、断固っ！　反対です‼」

強い言葉に焦燥感が滲む。白玲も俺の袖を摘まんできた。

親父殿は視線を逸らさず、言葉を待っている。

部屋の中を瑠璃が歩き始めた。

「敵は私達に数倍する大兵。にもかかわらず、軍を分散し、張将軍御自身までもがこの地を離れる……自殺行為かと。また、大河を渡河した敵兵の数からして、明らかに『餌』と思われます。有り体に言えば」

立ち止まり、勢いよく振り返る。

「馬鹿に付き合えば全てを喪います。国が滅んでも良いと？」

容姿に似合わない直截的な罵倒。

……無論、都の上層部に対しての。

「親父殿」「父上」

俺と白玲も強い否定の意を込め、名将を見つめる。

稲光が二度、三度と走った。壁の蝋燭が揺らめく。

「――……お前達の意見、有難く受けた」

耐え難い沈黙の後、親父殿が席を立たれた。

俺達に背を向けられ、振り続ける雷雨を見つめながら、言葉を絞り出される。

「だが…………だがな？　儂は皇帝陛下の臣なのだ。真印が捺され、それだけでなく陛下御自身による懇願の一文まで書かれていては…………是非もないっ。たとえ、それが」

声色にあるのは、自分自身への底知れぬ怒りと現実への深い深い絶望。

……千年前、『老桃』で皇英峰と別れる前の王英風と同じだ。

【張護国】が諦念を吐き出される。

「たとえ、それが……老宰相閣下を排除する為、廟堂を介さない林忠道の娘による個人的な言上で決定されたことであってもな…………。現地の防衛隊は戦わずして逃げ散ったと聞く。敵軍と都との間に、まともな友軍がいないことも確かなのだ。儂が動かねば……早晩、大運河をも断ち切られかねん」

「ですが、それではっ！」「白玲」

俺は銀髪の幼馴染を手で制し、頭を振った。

もう遅い……もう遅いのだ。

【西冬】が裏切った段階で【栄】の光は陰り、無謀な侵攻戦で数多の将兵を喪った時点で、こうなることは定まっていた。

張泰嵐と謂えど、全てを覆せはしない。

後はもう、ただただ戦って、戦って、戦い抜いて――戦局の好転を見出す他は無し。

白玲の蒼い瞳に大粒の涙が溢れ、顔はくしゃくしゃだ。

「……失礼します……」

腰の【白星】が荒々しく音を立てるのも気にせず、父親想いの少女が退室していく。

あいつは馬鹿じゃない。分かっているのだ……もう止められないことを。

「任せて」

瑠璃は黒猫を抱き上げて自分の肩に乗せ、白玲を追いかけていった。

一人残された俺に親父殿が向き直る。

「……すまぬ。お前達には苦労をかけるな」

「まー、そうですね」

あっけらかんと言い放ち、俺は椅子に座って足を組んだ。

わざと大袈裟に両手を広げながら、あいつの想いを代弁しておく。

「ただ、白玲の懸念は俺の懸念でもあります。瑠璃も言っていた通り、寡兵側が兵を割って大兵に当たる。……王英風だったら匙を投げていますよ。『自ら敗北を望む者につける薬なぞないっ！』と」

「……耳に痛い言葉だ」

少しだけ表情を崩され、親父殿は白い顎鬚（あごひげ）をしごかれた。

その瞳には――強い闘志の炎。

「連れて行く兵は一万だ。それ以上だと機動性に難が出よう。……こうなってほしくはなかったが、王（オウ）家に頼んでおいた多少の策もある。儂が戻るまで敬陽（ケイヨウ）を頼む」

「心得ました。白玲（ハクレイ）、瑠璃（ルリ）と相談して決めます」

俺達には兵的余力がない。

張泰嵐（チョウタイラン）が敬陽（ケイヨウ）から離れる。敵軍が知れば、猛攻をかけてくるのは必定なのだ。

「出来れば、爺（じい）にこっちの指揮を任せて、俺が『白鳳城（はくほうじょう）』へ入りたいですね。敬陽（ケイヨウ）を預かるのは荷が勝ち過ぎています」

「礼厳（ライゲン）は同意すまい。『火急の時は若に敬陽（ケイヨウ）を！』と常日頃零（こぼ）していた。白玲（ハクレイ）は戦機を摑（つか）む才を持ったが、それ故に見誤ることもあろう。その点、お前は自らに出来ぬことを他者へ託す度量を持っておる。適任ぞ」

「………少し照れるんですが」

確かに自分の限界は知っている。面倒事は全部、瑠璃（ルリ）と明鈴（メイリン）任せだ。

親父殿がしみじみと零される。

「それにしても【白鬼】アダイ……敵ながら見事よ。正しく現世の【王英】か。敵味方を無視すれば杯を傾けてみたいものだ。その時は伴をせよ」

「……考えておきます」

今英風と酒、か。

出来れば遠慮したいぜ。あいつ、やたらと絡んできやがったし。

……まぁ、比喩なのは分かっているんだが。

俺は席を立ち、剣の鞘を叩いた。

「無事の帰還をお待ちしています——御武運を、親父殿」

「武運は不要。儂の分もお前達が持っておけ。皆を頼む」

廊下を出て暫く歩いて行くと、離れに続く連絡路で少女達が長椅子に座っていた。

いち早く俺に気付いた瑠璃は黒猫を抱え『少し外すわ』と目で合図し、席を立つ。人の気持ちに敏感な仙娘様だ。

俺は俯いている銀髪少女の隣に座り、抱き寄せた。

「怒るな。親父殿だって断腸の想いを——」

胸に衝撃が走る。白玲が俺に抱き着き拳を叩きつけてきたからだ。

涙で軍装が濡れていく。

「分かっています。もう子供じゃないですから。でも……でも、こんなのってっ！」

「……ああ」

為されるがままにされながら、俺は北の空を見上げる。

雨は止む気配を見せず、どす黒い雲がただただ天を覆いつくしていた。

＊

「では——張泰嵐は敬陽を離れ、東方へ向かったのだな？　間違いはないな？」

「はっ！　敬陽に残置した密偵からの情報であります。間違いございません」

「ふむ」

大河北岸『三星城』大広間。

玉座にて、伝令から報告を受けていた私——玄皇帝アダイ・ダダは肘をつき、居並ぶ諸将へ静かに問うた。長い白髪が視界を掠める。

「兵達の戦意はどうか？　西冬軍は攻勢をかけているか？」

「皆、意気軒昂であります！」「敬陽に連日、猛攻を敢行しているようです」

「例の物の準備は？」

「抜かりございません。連射は困難でありますが、第一射は問題なく稼働するかと」

準備は万全だ。

唯一警戒すべき張泰嵐も東方へと去り、敬陽に残る敵軍は我が意を汲んだハショの指揮により拘束されている。

つまり今――大河南岸の『白鳳城』は孤軍。

それでも、まともに正面攻撃を企図すれば大損害は免れぬが……私は静かに命じた。

「戦の準備をせよ。夜が明けると同時に決行ぞ。先陣は燕京で申し伝えたように『金狼』『銀狼』。大戦となろう。敵は老いたりとはいえ名うての『鬼』――励め」

「『はっ！』」『御意っ！』」

諸将が狼の如き勢いで駆け出し、本営に残ったのは私と護衛のギセンだけとなった。

皆、戦を待ち望んでいたのだ。

額に手をやり、敵の打ち手――見たこともない栄の偽帝に呆れ返る。

「……つまらぬな。もう詰んでしまったぞ」

嗚呼！　嗚呼‼　張泰嵐、張泰嵐よ!!!

お前程の男だ。私の手はある程度見えていよう？


だが、お前は名将であって、皇帝ではない。

そして——必要ならば、時に皇帝の命令ですら無視し、【煌】に仇なす存在全てを打ち破った皇英峰でも。

「で、臨京の様子はどうか？」

影の中の小柄な狐面——蓮に問う。

臨京へ、敬陽へと必要ならば大陸中を駆け巡る。この密偵は私よりも忙しいかもしれぬ。

内心で面白がる私を気にも留めず、狐面が口を開いた。

「万事が順調だ。徐家の長子は田祖の言——**『老宰相こそ国を蝕む奸賊』**を完全に信じ始めたぞ。**『張泰嵐がこの火急時に皇帝の命により敬陽を離れた』**という情報で完全に堕ちるだろう。老宰相が影で操っているのだ、と思い込んでな」

栄を支えているのは『武』の張泰嵐と『文』の楊文祥。

その内の一人の命も、今や私の手の中にある。

「憐れな徐家の長子は何時、牢から出るのだ？」

「近日中だ。老宰相自身の指示でな……決定次第、田祖が報せてくる手筈となっている」

私は唇を歪め、くぐもった嗤いを零した。

——保険が機能すれば良し。

しなくとも栄の国内は荒れ、我が勝ちは揺らがぬ。

私以外で全てを知る蓮へ告げる。

「昨晩、【双星】に三日月と紫雲がかかった。【御方】の予言は此度も当たろう」

「敬陽には張家の娘と息子が残っている。例の【天剣】を持つ者達だ」

「——……ああ、そうであったな」

心の中が瞬時に冷える。

前世の私が畏友に託され、今世で探し続けている双剣を持つ者達。

護衛のギセンを一瞥し、肘をつく。

「丁度良い。敬陽を落とした際、どのような顔をしているのか見てやるとしよう。……【天剣】を振るい、天下をも揺るがせた英峰に少しは似ていると良いのだが」

＊

「礼厳(ライゲン)様、おはようございます！」

敬陽(ケイヨウ)北方。大河南岸に築かれた『白鳳城』。

記憶にも殆(ほとん)どない濃い白霧に包まれた大河を、城壁の上より見つめていると、後方から声をかけられた。

「庭破(テイハ)か。早いの」

隣にやって来たのは、遠縁の青年だった。

若と白玲(ハクレイ)様に付き従った故か、数ヶ月前よりも精悍(せいかん)さを増し、今や張家軍(ちょうかぐん)でも指折りの若手指揮官となっている。

昨晩急使として前線に来たのだが、敬陽(ケイヨウ)は連日、西冬(セイトウ)軍の猛攻を受けているらしい。いてもたってもいられぬのであろう。

「戻る前に挨拶をと。春になったとはいえ、まだまだ冷えましょう。どうか中へお入りを。このような濃い霧では何も見えませぬ」

「いらぬ。……嫌な予感がするでな」

思えば、七年前の大侵攻時も濃い白霧が出ておった。

当時はこのような城もなく、総大将の頑迷さと魏平安の降伏もあって易々と渡河を許し、我が殿――【護国】張泰嵐様はいらぬ苦労を背負われたのだ。油断は出来ぬ。

手に持つ槍の石突きで石材を叩く。

「殿が敬陽を離れられたことは、既に彼奴等も知っていよう。【白鬼】がこの機を逃すはずがないっ！　若達も西冬軍の攻勢に対処され、動けぬ今こそ好機なのじゃ」

「それは確かに」

苛立ちを抑えきれず、真っ白になってしまった髪を掻き乱す。

「都の連中は前線の状況をまるで理解しておらぬっ！　理解しておるのは、殿が栄随一の名将であることと、皇帝陛下の忠臣であることのみよ。……だが」

殿の双肩にのしかかる、余りにも……余りにも重い荷を少しでも軽くするために、今まで槍を振るい続けてきた。死ぬる時までそれを止めるつもりはない。

石壁に拳を叩きつける。

「殿も全てを救うことは出来ぬのだっ！　【三将】が揃っていればばっ‼　いや、若と白玲様が成長なさるまで刻を――……何の音ぞ？」

複数の奇妙な音が大河から聞こえてくる。これはいったい？

庭破が顔を驚愕に染め、

「！　この音は……礼厳様っ‼」「ぬぅっ⁉」

儂をその場に押し倒した。

直後、耳が痛む程の音と共に城全体が揺れ、兵達の悲鳴と土煙が各所から立ち昇る。

よろよろ、と立ち上がり呆然。

――威容を誇っていた『白鳳城』の城壁各所に大穴が穿たれ、複数の監視櫓や通路も倒壊している。

「こ、これは……」「西冬の投石器ですっ！　でも、どうやったんだ……？」

庭破が断じ、大河へ目を細めた。

城壁に上がってきた兵達も各々叫ぶ。

「お、おい！」「ありゃぁ……」「軍船だ！」「あの奥のは何だ……？」

まずいの、混乱が広がっておる。

状況を確認すべく、大河を見やると――白霧の中で無数の軍船が進んで来る。

そして、その後方には平面上の影。

「こ、こんな……こんな大軍……しかも、投石器を筏に乗せてっ⁉」

『っ⁉』

庭破の悲鳴で兵士達の中に動揺が走る中、幾度も城全体が金属弾で震える。

……殿、この老人の命、捨てる時がきたようですぞ。

息を深く深く吸い込み、

「持ち場につけっ！　敵兵を城内に入れるなっ‼　我等が【栄】を守っていることを努々忘るるなっ‼！　我等は殿に――張泰嵐にこの地を任されているのだっ！！！！」


城全体に届くよう怒鳴りつける。

兵士達の眼に戦意が宿り、武器や鎧を叩き呼応した。

『応っ！　応っ‼』

統制を取り戻して走り始め、備え付けられた大型の弩に取りつく。

儂は長槍を握り直し、遠縁の青年へ静かに命じた。

「庭破、お前は今すぐ脱出して敬陽へと駆け、若へこうお伝えせよ――『この城はもう持ちませぬ。御武運を』と」

「礼厳様っ⁉」

「若と白玲（ハクレイ）御嬢様（おじょうさま）を頼むぞ」

呆然とする青年の肩を力いっぱい叩く。

……もう暫（しば）し、この者の成長も見ていたかったが、是非もなし。

転がっていた兜（かぶと）を被（かぶ）り、命じる。

「さぁ、行けぃっ！」

「――……はっ！　…………はっ‼」

涙を堪（こら）え、庭破（ティハ）が駆け出した。

何時（いつ）の間にか衝撃は収まっている。若が仰（おっしゃ）られていた通り、投石器は速射が出来ぬようだ。

少しでも時間を稼がねば。

「礼厳（ライゲン）様！」

「お前達か」

儂の下へ集まったのは最古参の老兵達だった。

早くも城壁に梯子（はしご）をかけてきている敵兵を認めながら、大きく頷（うなず）く。

「出来うる限り若き者達を逃す。手を貸せ」

『お任せあれっ！』

「……すまぬ。すまぬな」

どれ程――戦い続けたことか。

「ふぅ、ふぅ、ふぅ………」

敬陽へと続く城の正門前に立つのは、今や血で汚れた槍を持つ儂一人。

共に戦い続けた老兵達の多くは斃れ、各所からは火も上がっている。

未だ戦い続けている者もいるようだが……長くは保たぬだろう。奇襲を受け、各個に分断されたのが痛かった。

儂自身も白髭や鎧兜に血がこびりつき、痛みも感じぬ。

「お、鬼だ……」「ば、化け物めっ！」「無暗に突っ込むな。弓で仕留めよ！」

だが、馬から降り蛮勇を喪ったらしい北の馬人共は、激しく怯え遠巻きにして近づいて来ようとしない。

唇を歪め、嘲笑する。

「ふっはっはっはっ！　このような死にかけの老人をかように恐れようとは……何と情けない者達よっ‼　そのような様では、張泰嵐はおろか、張隻影と張白玲にも到底敵うま

い。大人しく、北へ尻尾を巻いて帰るが賢明ぞっ！」

『っ！』

敵兵達が屈辱で顔を真っ赤にし、弓を構えた。

……ここまでかの。槍を握り締める。

「皆、退け」「待てっ！！！！」

階段から煌びやかな金銀で装飾された鎧兜に身を包んだ敵将が二人、飛び降りてきた。

一人は長身。もう一人は短身。明らかに只者ではない。

「ほぉ、多少は歯応えがありそうな者達が出て来たの。名を聞いておくとしよう」

槍を構え直すと鮮血が滴った。

蛇矛と長斧を構えた敵将達が不敵に名乗る。

「偉大なる狼の御子、アダイ皇帝陛下の『四狼』が一人――『金狼』ベテ・ズソ」

「『銀狼』オーバ・ズソだ。爺さん、あんた、大したもんだな。名を聞かせてくれ」

我が生涯最期の相手が『四狼』とはっ！

武人としての誉、これに勝る者はなし。

「張泰嵐(チョウタイラン)が臣――礼厳(ライゲン)」

威儀を正しての名乗り。そう、儂こそ殿第一の臣である。

敵将達が驚き、戦意を張(みなぎ)らせた。

「ほぉ……貴殿が『鬼礼厳(ライゲン)』か」「相手にとって不足はねぇぜ！」

儂もまた笑みを零(こぼ)し、老虎の如(ごと)く咆哮(ほうこう)する。

「小僧共っ！　我が首、そう簡単にはやれぬ。それでも欲しくば――己(おの)が命を懸けてかかってこいっ‼　ゆくぞっ!!!」

第三章

「魏(ギ)将軍、此方(こちら)でしたか。探しました」

夕刻の大河下流、『子柳(シリュウ)』と呼ばれる寂れた村落郊外に築かれた野戦陣地。

水平線に沈んでいく陽(ひ)と忙(せわ)しなく動き回る兵達を眺めていた私――【玄(ゲン)】帝国が一将、魏平安(ギヘイアン)は重い身体(からだ)で振り返った。

【栄(エイ)】侵攻第二軍と呼称される、約五万の兵を率い大河渡河を敢行して数日。

敵軍の反撃は弱く、今の所損害も殆(ほとん)どないものの、此処(ここ)は紛れもない敵地なのだ。

かつての故国であろうとも郷愁を感じる暇もない。

見るからに快活な切れ者といった風の、若い黒髪の参謀へ問い返す。

「……何かあったのか？　安石」

「特段は。各方向へ斥候も放っておりますので奇襲は受け難(にく)いかと。本当に……ここが【栄(エイ)】なんですかね？」

どうやら、単に話をしたくて私を探していたらしい。

「ああ、貴官は『栄京』生まれだったな」

「閣下、今は『燕京』です。我が軍内にも玄人がいること、お忘れなきよう」

「……すまん」

鼻を掻き、謝罪する。

五十余年前、栄帝国が大河以北を支配していた時代。その首府は『栄京』と呼ばれ、玄の侵攻後『燕京』に改名されたのだ。

旧栄人の立場は帝国において低い。下手な火種となる発言は慎んだ方が良いだろう。

『大河下流を渡河し、臨京に圧力を加えるべし』

七年前、【玄】に降った私が皇帝陛下直々の御下命を受けているのを気にいっていない諸将も多いのだから……。

私は無精髭に触れ、北方の大河へ目を細める。

「我等は大河を越えた。しかも――弱兵とはいえ、栄軍も破ってみせたのだ！　皇帝陛下もさぞお喜びになるだろう」

「……だと、良いんですが」

妙に歯切れ悪く、参謀は顔を顰めた。

「どうした？　出発前は『手柄を立てて、出世したいと思っています！　それが、旧栄人の地位向上に繋がる筈です‼』とあれ程言っていたではないか？　喜べ！　歳を喰った私と違い、貴様には上を目指してもらわねばならぬのだからな」

「……小父御殿、御耳を」

憚りながら、将来の魏家を担うであろう一族の俊英が声を潜めた。

この呼びかけ方……面倒事か。

「兵達が噂をしております。『**我等は張泰嵐を引き付ける餌**』なんじゃないかと。また、『敬陽から張家軍が発した』との未確認情報も真しやかに」

陣内では兵達が食事の支度を開始している。

この地は我等が主戦場としてきた北東戦線に比べて、気候は穏やかで水も豊富だ。士気は低くない、と思っていたのだが……。

私は鼻で嗤い、確認する。

「……馬鹿なっ。敬陽から此処まで、どれ程の距離があると思っている？　張家軍は玄軍程に騎兵重視ではないが、河川と湖沼が多い地を大軍が短期間で踏破するのは不可能だ。軍船を用意していたとしても、それは同様ぞ。敬陽方面の斥候に異変は？」

「ありません。……ですが」

安石はなおも懸念を崩さない。

今までの経験から古参兵達の言に一定の信頼を置いているのだろう。

私は参謀の肩に手を回し、諭す。

「いいか？　アダイ皇帝陛下は無益な兵の損耗を殊の外厭われる御方だ。蛮族を相手とする北東戦線でもそうであった。加えて……これは内々の話だが、敵戦力が強大だった場合は独断での撤退権すらもお与え下さっている。我等は戦う必要性すらないのだ。『**大河下流に玄軍が存在する**』という状況を作り出すまでが、我等の任だったのだからな」

「！　……それも皇帝陛下が？」

「うむ。身体が震えたぞ」

故国を捨て、降ったからこそ分かる。

アダイ皇帝陛下と栄偽帝の力量、天地の差あり！

偽帝本人がたとえ善人であろうとも……直言を繰り返していた私を嵌め、降伏へと追いやった林忠道や黄北雀が如き奸臣を未だ重用している時点で先は見えている。

……まして、あの愚かな男の義娘を寵姫になぞっ。

私は強い苛立ちを覚える。

「第一だ。張泰嵐が動けば敬陽は陥落する。彼の地が陥落すれば……」

捨て去った過去が過り、口籠ってしまう。

私がかつて仰ぎ見た【三将】の内、【鳳翼】【虎牙】は既に亡く、軍事面は【護国】がほぼ全てを背負っていると伝え聞く。

哀切を振り切り、言い切る。

「【栄】という国そのものが滅びるのだ。如何に『臨京』の連中が愚かであっても、楊文祥がそのようなことは許すまい」

「小父御は、その……張泰嵐と楊文祥に会われたことがあるのですか？」

参謀が恐る恐る質問してきた。

——幼き頃と同じ好奇の瞳。

二十も半ばとなり、もう少しで父親になるというのにこやつは。

苦笑いをしつつ、胸を張る。

「あるとも！　両者とも当時から、名将と名宰相ではあった。……ただ」

過ぎ去った誇らしき時代。あの頃、自分がこうなるとは思ってなぞいなかった。

「ただ？」

言い淀(よど)んだ私に安石は怪訝(けげん)そうな顔を浮かべた。

——張泰嵐(チョウタイラン)と楊文祥(ヨウブンショウ)は一代の傑物である。

だが、両者は暗愚な皇帝の忠臣なのだ。全ての才は振るえまい。

私は少しの間だけ瞑目(めいもく)し、頭を振った。

「いや……何でもない。とにかく、だ」

甥(おい)の肩を叩(たた)き、出来る限り明るく振舞う。

『将は不安を表に出してはならぬ』

張泰嵐(チョウタイラン)様から学んだことだ。

「我等は我等の為(な)すべきことを為せばいい！　今回の戦功をもって、私は軍を辞すつもりだ。後任にはお前を——……何の音だ？」

遠方から聞こえて来たのは多数の軍馬の嘶(いなな)きと地面が揺れる衝撃。……南？

敵の防衛隊は壊乱している。このようなまとまった数になるとは思えない。

参謀が希望的観測を口にする。

「斥候達が戻って来たのでしょうか？」

「……いや」

兵達も作業の手を止め、辺りを警戒し始めた。

そして──ほぼ同時に南方の小山の上ではためく軍旗に気がつく。

私と甥子は激しく動揺し、よろめいた。

「ば、馬鹿な……あり得ぬっ！」「そ、そんな……」

沈みつつある陽光の中、輝く軍旗に描かれていたのは──『張』。

【張護国】が……栄帝国最後の守護神が不遜な我等に鉄槌を降すべく現れたのだ。

次々と多数の敵騎兵と歩兵も姿を現し、我が陣地に突撃してくる。

耐え切れなくなり、私は悲鳴をあげた。

「どうやって……船を使ったにしても早過ぎるっ。仙術でも使ったというのかっ⁉」

「閣下！　急ぎ防衛をっ‼」

いち早く立ち直った参謀が私の腕を摑んだ。

荒く息を吐きながら「……行くぞ！」「はっ！」踵を返す。

おそらくは大運河を軍船で下り、密かに軍を機動させたのだろう。

河川、湖沼が多いとはいえ、この地は栄帝国の領地。我等よりも地理に通じているのは自明だ。

しかし、強行軍には違いない。まだ……まだ勝負はついていない。

勝てぬまでも戦わねば。我等が失態を犯せば玄国内の栄人達は。

必死に戦意を掻き立てるも、私は冷静に戦況を理解していた。

七年前――【白鬼】さえ追い詰めた我が師、張泰嵐に勝てるわけがないじゃないか。

＊

「隻影様、敵影を視認致しました。軍旗は金及び銀糸に縁どられた『狼』！　数は目算で約五万‼」

監視櫓上から切迫した様子のオトが報告をくれる。望遠鏡は瑠璃に返したようだ。

『っ！』

敬陽北方に急造された野戦陣地内に大きな動揺が走った。……無理もない。

この場にいる者達の過半は、三日前に陥落した『白鳳城』から逃れてきた兵なのだ。

渡河後――奴等が攻勢を即座に再開しなかったのは、最後の最後まで殿を務めた爺と老兵達が相当な損害を与えた為だろう。

『玄軍の攻撃により白鳳城、陥落す！　礼厳将軍、戦死!!』

報を受けた時は俺も白玲も信じなかった。あの爺がまさか。

だが、布陣する圧倒的な敵軍を目にしてしまえば、嫌でも受け入れざるをえない。

……どうしてこんなことにっ。叫び出したくなる激情を噛み殺す。

補佐してくれる白玲と瑠璃は、今朝方再開された西冬軍の大攻勢を抑える為いない。

『将たる者、窮地だからこそ平静であれ』

千年前の皇英峰が若手の将達に諭した言葉を繰り返す。窮地だからこそ平静であれ。

黒馬の鬣を撫で、敵軍を評する。

「来たな。敵の先陣だ。旗印からして【玄】の『四狼』——北方の大草原で暴れたという『金狼』と『銀狼』だろう」

古参兵の話によると、大河全体を覆う程の白霧は七年ぶりだったらしい。

それに隠れての、巨大な筏を用いた投石器使用という奇策と奇襲渡河に張家軍を支えてきた『鬼礼厳』は敗れ去ったのだ。

蘭陽でも会戦前に濃い霧が出た。【白鬼】は天候までも操れる化け物なのかよっ。

左隣の庭破が歯軋りした。

「……全隊っ、突撃の」

「気持ちは分かるが落ち着け、庭破」

俺は手で制す。この青年武将は礼厳の死に自責の念を抱いている。

庭破が今にも泣きだしそうな顔で叫ぶ。

「ですがっ、隻影様っ‼」

「**爺はなっ！！！！！**」

驚く庭破と兵達を無視し、どす黒い天を仰ぐ。今にも雨が降ってきそうだ。

……嗚呼、俺は全然駄目だな。少しの間だけ目を閉じ、散った老将を悼む。

愛馬を進め、兵達に告げる。

「礼厳はな……俺と白玲にとっても……もう一人の父親みたいな存在だった。昔からずっと世話になってなぁ……何時か……何時か恩義を返そうと思っていた。……誰が許すものかよっ！　必ず仇は取る。だからこそ――落ち着け。お前等もだっ！　無駄死には絶対に許さん。『白鳳城』で拾った命を惜しめ」

『……はっ』

全員の顔に決意が宿り、それぞれの武器を握り締め直す。

大軍を前にしてもなお、軍の士気は衰えていない。

兵を慈(いつく)しんできた爺のお陰だな。

「敵陣に動きありっ！　敵将らしき二騎が向かってきます。その後方にも一隊。あれは……荷馬車？　何かを載せている？？」

『？』

オトが困惑混じりの警戒の声を発した。

ほぼ全員が前方の玄(ゲン)軍戦列を眺める。

――金と銀で装飾された鎧兜(よろいかぶと)姿の二将が騎馬を進めて来る。

長身の将の手には穂先が蛇のように波打つ奇妙な槍(やり)『蛇矛(だぼう)』。

以前、明鈴(メイリン)が見せてくれたが、何でも異国の短剣に触発された名も無き鍛冶師が造った代物らしい。普通の槍よりも殺傷性は高いと聞く。

短躯(たんく)の将の手には無骨な長斧(ちょうふ)が握られている。

弓の射程外で馬と荷馬車を停(と)め、敵将達が名乗りをあげた。

「我が名はベテ・ズソ！　偉大なる狼の御子、アダイ皇帝陛下が『金狼』なりっ‼」

「我が名はオーバ・ズソ！　慈悲深きアダイ皇帝陛下の『銀狼』とは俺のことだ‼」

『!?』

陣内がざわつく。敵将がわざわざこんな真似をするとは。

先の敬陽攻防戦時に俺がした真似じゃあるまいし。

蛇矛と長斧を掲げ敵将達が叫んだ。荷馬と敵兵が離れていく。

「敵将に告ぐ！　戦を始める前に『鬼礼厳』殿の遺体を御返ししたい！」

「我等兄弟の名誉に誓う。罠じゃねぇっ！　勇敢だった老将への敬意だ」

俺は目を見開く。

……そうか……そうか。本当に爺はもう。

息を深く吸って吐き、腰の【黒星】に触れる。

俺は今にも飛び出しそうな青年武将と、降りて来た褐色肌の少女に命じた。

「庭破、お前は待機だ。オト、すまんが隊を率いて棺を回収してくれ」

「隻影様っ!?」『……はっ！』

愕然としている青年武将の胸に拳をつけ、頷く。

棺を回収する為に十数名の兵達が集まってきた。皆、鎧兜が酷く汚れ、軽傷を負っている古参兵ばかり。『白鳳城』の生き残りだ。

「大丈夫だ。あいつ等は本物の『狼』だ。自分達の名誉を汚しやしないさ——行くぞ」

「はっ！」『応！』

徒歩のオトと古参兵達を引き連れ、俺は黒馬を進める。

——前方に五万以上の敵軍。後方には二万の友軍。

その中での棺の引き取り、か。後世で何処(どこ)ぞの史書に書かれそうだな。

到着するや、古参兵達が荷台の棺に取りすがって中を確認し「嗚呼……！」「老将軍っ」「糞(くそ)っ！　……糞っ‼」「礼厳(ライゲン)様、我等を逃す為に……」悲痛な涙を流す。

黒茶髪の少女を目で促し、俺は愛馬を前進させた。

攻撃の意思がないことを示す為、一度鞘(さや)を叩き敵将達へ名乗る。

「この場を預かる張隻影(チョウセキエイ)だっ！　『金狼』『銀狼』‼　敵味方に分かれているが……礼厳(ライゲン)への敬意、真(まこと)に感謝するっ!!!」

『！』

敵陣内に大きなさざなみが走り、揺れ動いた。

敵将達も驚いた様子で零(こぼ)す。

「ほぉ、貴殿が」「グエンとセウルを討った張(チョウ)家の息子かっ！」

銀の軍装を輝かせたオーバが長斧を軽々と回し、餓狼の如き視線を叩きつけてくる。

……こいつ、強いっ。

蛇矛を薙ぎ、金の軍装のベテが真摯な態度で要求してくる。

「張泰嵐の息子！　汝程の者ならば戦況を理解している筈！　勝ち目はないっ！　降伏せよっ!!!　アダイ陛下は才有る者を愛される。貴殿ならば幾らでも栄達が望めようぞ」

俺は【黒星】を抜き放ち、突き出した。

「過分な評価痛み入る。だが……申し出は断るっ！」

漆黒の剣身に陽光が反射する。黒雲が晴れたのだ。

「我が名は隻影！　張泰嵐と張白玲に命を救われ……老礼厳に慈しまれた者だ!!　その恩義を無碍にし、【白鬼】の部下になれと？　御免被るっ！！！！！」

後方の友軍陣営から大歓声。『張隻影！　張隻影！　張隻影！』名前を連呼される。

二頭の『狼』が各々馬首を返す。

「……そうか、残念だ」「お前は俺が討ってやろうっ！」

敵陣内で角笛が響き渡り、騎兵が駆け回り始めた。

剣を一旦収めた俺は手綱を引き、急ぎ防塁に飛び込み棺の傍(そば)へ。

爺の顔は【玄(ゲン)】の誇る『四狼』と激戦を繰り広げたとは思えない程、穏やかだった。

「おお……」「礼厳(ライゲン)様っ……礼厳(ライゲン)様っ！」「儂(わし)らがついていながらっ」「御許しを……」

庭破(ティハ)と古参兵達が地面に拳を叩きつけ、他の兵達も泣いている。

分派された火槍(かそう)隊を手際(てぎわ)よく統率中のオトに手で合図をし、俺は背筋を伸ばした。

「皆、泣くのは後にしろ。そんなことを爺は望んじゃいない。望んでいるのは」

剣を天に掲げる。


「俺達の、張家軍(ちょうかぐん)の勝利のみっ！　銅鑼(どら)を打ち鳴らせっ‼　出るぞっ!!!」

『オオオオオオオオオ！！！！！！！！！！！！！！！！！』


将兵が呼応し、武器を掲げ呼応した。

悪くない。爺が守った兵達はまだ戦える。

「全軍を纏(まと)めます！　失礼っ‼」

庭破(ティハ)が敬礼し馬に飛び乗り駆けていく。あいつも今や張家軍を支える若き将だ。

俺が最前線に出張(でば)る以上、指揮に専念してもらわないとな。

部下達へ防衛準備の指示を出しつつ、自らも火槍の最終調整に余念のない褐色肌の少女へ、俺は馬を寄せた。

「オト、頼みがある。張家軍に馴染みの薄いお前にしか頼めない」

「はいっ」

角笛と銅鑼の音が戦場を包んでいく。

長身の少女は風で靡く短い黒茶髪を手でおさえた。出来る限り軽い口調で伝える。

「死ぬつもりは毛頭ないし、今日は適当に小当たりして退く予定なんだが……何せ相手が相手だ。どうなるかは分からん。庭破もあんな感じだからな。万が一、俺が討たれたらすぐ瑠璃に指示を仰いでくれ」

あの軍師なら、親父殿が帰還されるまでの間、白玲と共に敬陽を維持してくれるだろう。何せ僅か二万で西冬軍十万を完璧に抑え込んでいるのだ。

大きな瞳を瞬かせ、オトが戸惑う。

「……白玲様でなくてよろしいのですか？」

「ああ」

玄の騎兵が翼を大きく広げた鳥のように布陣していく。

北方の大草原に勢威を持つ遊牧民族達が好む陣形だ。千年前と同じか。

大兵に細かい戦術などない。騎兵の衝撃力で押し潰すのみ。

俺は不思議な面白みを覚えた後、片目を瞑った。

「うちの御姫様は冷静に見えるし、実際そうなんだが……身内絡みは別だ。必ず暴走するだろう。その点、瑠璃なら最善の手を打ってくれる」

白玲は本当に優しい奴だ。

爺に続き、俺が死んだら……まぁ、泣くだろう。いや？　泣きながら怒るかな？

オトが得心した様子で首肯した。

「承知致しました。ですが、一点だけよろしいでしょうか？」

「おお、言ってくれ」

この元宇家軍の少女には散々世話になった。要望をきくのは吝かじゃない。

すると、オトは年齢相応のあどけない顔になり、人差し指を俺の鼻先へ突き付けてきた。

「貴方様に何かあらば、瑠璃様も大変悲しまれます。そのこと、どうかお汲み取りください。仮にお忘れになられた場合は——」

手に持った火槍を撃つ動作をする。

こっちの『オト』が本当の姿なんだろうな。人見知りな瑠璃が懐くわけだ。

手を挙げる真似をして、同意する。

「分かった。覚えておく」

「申し訳ありません。出過ぎた真似を致しました」

気品すら感じさせる優美な動作で、少女が深々と頭を下げる。

宇(ウ)家軍には、西域土着の諸民族も参加していたと聞くが……もしかしたらオトも良家の出なのかもしれない。

詮索する趣味もないので、ニヤリ、と笑う。

「この短期間ですっかり瑠璃(ルリ)の片腕になっちまったみたいだな？　今度、兵棋を手加減するよう言っておいてくれ」

「まさか！　隻影(セキエイ)様は私に嫌われろと？」

「冗談だ、冗談」

思った以上に話せることを知った少女へ左手を振り、愛馬を整列した軍の最前衛へ。

弓と矢筒を確認し、青年武将の名を呼ぶ。

「庭破(ティハ)」

「はっ！　騎兵三千、準備整っております。隻影(セキエイ)様……御武運を‼」

迷いなく反応し防塁内へ下がっていく。適材適所だな。

俺は笑みを零(こぼ)し、叫んだ。

「行くぞっ！　張家の兵共っ‼　遅れず、俺についてこいっ‼」

『応っ！！！！！』

愛馬に指示を出し、全軍の先頭を駆ける。

突撃隊の騎兵三千も呼応し、俺の後へ続く。

『⁉』

将兵の戦意が敵前衛にまで届き、槍と旗が揺らいだ。

敵は『金狼』『銀狼』が率いし此方を圧する大兵。

だが――混乱している間に前衛を叩き、退くのは不可能じゃない。

弓に矢を複数つがえ、敵指揮官に狙いを定めていると、俺の後方に騎兵が追いすがってきた。皆、装具が古めかしい。

「若っ！」「背中はお任せを」「礼厳様の御命令ですので」「悪しからず！」

『白鳳城』での戦を生き延びた老兵達だ。

爺の説教が遠くで聴こえた。若、無理は禁物ですぞ。

「……ふんっ。死んでもお節介な爺めっ！」

「⁉」

矢を放ち、指揮棒を振るっていた敵指揮官の額を射貫く。

慌てて突撃を開始してきた敵騎兵の肩、腕、腿へ矢を放ち続け、味方を鼓舞する。

「**狼共の鼻面を叩き続けろっ！！！！！**」『**応っ！！！！！**』

騎射の出来る味方によって、遮二無二突撃してくる敵騎兵へ矢の雨が降り注ぎ、打ち倒していく。

――はっきりと優位。

俺達は今、天下の玄騎兵を相手にしながら互角以上に戦っている！

だがこれは、混乱が収まれば崩れる刹那的なものだ。

適当な所で防塁内に逃げ込んで、弓と火槍の射程内に誘い込まねぇと……。

「**張隻影ィィィィィィィィ！！！！！**」

「！　ちっ‼」

突然、飛来した槍を【黒星】の一閃で両断。

味方が放つ矢の雨をものともせず、長斧を振り回しながら『銀狼』オーバ・ズソが単騎で突っ込んでくる。……そううまくはいかないか。

後方の老兵達や他の騎兵達が迎撃に動こうとするのを「待てっ！」と一喝して止める。

弓を背負い肩越しに命じる。

「十分だ！　防塁へっ‼　庭破（ティハ）が指示を出す」『！　隻影（セキエイ）様っ⁉』

兵達の制止を振り切り、俺は長斧を振り回す敵将と相対した。

オーバは銀で装飾が施された兜（かぶと）下の顔に喜色を湛（たた）え、部下達へ「手出し無用っ！」と怒鳴り、一気に距離を詰めてくる。

「ふっはっはっはっ！　総大将が先陣を切って突撃して来るとはなぁっ！　気に入った、気に入ったぁぁぁっ！　褒美（ほうび）だっ‼　俺がその首、取ってやろうっ‼」

「誰がっ！」

擦れ違い様に長斧と剣がぶつかり合い、激しい火花を散らした。

銅鑼の音が激しくなり、味方へ後退を命じている。敵騎兵は俺とオーバを遠巻きにしている隊も多く、激しい追撃は行っていないようだ。

短軀（たんく）の狼が犬歯を剝（む）き出しにした。

「中々にやるっ！　我が長斧をまともに受けながら、剣が折れぬとはっ‼」

「そいつはどう、もっ！」

再び距離を詰め、今度は至近距離で十数合打ち合う。

長斧は近接戦闘にむいた武器ではない。

しかし——オーバの卓越した技量により、俺の斬撃が、突きが、悉く防がれる。

「どうしたっ！　『赤狼』と『灰狼』を討った手前を見せてみろっ‼」

「くそっ！」

振り下ろしを弾き、三度距離を取る。

周囲は既に敵騎兵しかいないが、こいつさえ倒してしまえば脱出は不可能じゃ——隊列の一ヶ所が割れ、蛇矛を持つ金の軍装を纏った敵将が突っ込んで来る。

「オーバ！」

「兄者、手だし無用っ！　こいつは俺が討つ‼」

余程の名馬なのだろう。恐ろしさすら感じる速度で、『銀狼』が俺へ近づき猛然と長斧を振るってくる。

一撃、二撃、三撃——受ける度に手が痺れる。

【黒星】だから無傷だが、普通の剣ならとっくの昔に断ち切られて——

「くっ！」

身体を思いっ切り後ろへ倒し、横から放たれた蛇矛の突きをどうにか躱す。

蛇のように波打った穂先が不気味に光を放った。

体勢を戻しながら、横薙ぎで蛇矛を弾き距離を取る。

オーバが『金狼』ベテ・ズソに馬を寄せ、怒声。

「兄者っ！」

「弟よ……忘れるな。此処は戦場！　我等は全軍の先鋒である。張隻影、悪いが死んでもらうぞ！　グエンとセウルは我等兄弟にとって良き戦友であった‼」

「はんっ！　返り討ちにしてやるよっ‼」

二頭の『狼』に言い返しつつ、打開策を考える。

この兄弟は強い。同時に相手にするのは至難だろう。

——……逃げるか。

「何を考えているっ！」

「お前を倒す方法だよっ！」

ベテの変則的な斬撃と鋭い突きを受け流し、愛馬を走らせ耳を澄ます。

敵騎兵が非常に騒がしい。庭破が包囲の敵に圧迫を加えてくれて——悪寒。

「すまんが、死ねっ！！！！」

咄嗟に短剣を抜き、逆側から突っ込んできたオーバへ放つも空中で断ち切られる。

ベテも好機を逃さず、蛇矛を両手で持ち変えた。

「弟よっ！」「兄者っ！」

左右同時挟撃。やばい、死ぬ。

せめて一人は——敵騎兵の一角が崩壊し、敵将達へ小刀が投げつけられた。

「ぬっ⁉」「なんだと⁉」

『金狼』『銀狼』は突然の攻撃を防ぐも、警戒感も露わに距離を大きく取った。


——巨馬を歩かせ、青龍偃月刀を持つ美髭の将が悠然と現れる。


圧倒的な威圧感により、命知らずで知られる敵騎兵も硬直状態だ。

「そ奴は儂の息子なのだ。やらせはせぬよ」

「お、親父殿っ⁉」

此処にはいない筈の【護国】張泰嵐が俺の前まで馬を進め、美髭に触れた。

敵騎兵を蹴散らし、突入してきた味方騎兵が俺を囲む中ただただ驚く。

……いや、どうやって大河下流から？　幾ら何でも早過ぎる！

敵将達も同じだったようで、敵騎兵の隊列内で混乱を隠せていない。

「さて、どうする？　儂としてはこの場でお主等の首を取っておいてもよいのだが？」

『〜〜っ！』

敵騎兵達に恐怖が走る。

長きに亘りこの地を守り、勝ち続けた親父殿の武名は、【玄】にも伝わっているのだ。

険しい顔のベゼが蛇矛を振り、断を下す。

「……引き上げる」「兄者っ⁉」

弟が不平混じりに名を呼ぶが、反応せず『金狼』は馬首を返した。

憤然と長斧で岩を斬り裂いた『銀狼』もその後に続き――途中でそれぞれ馬を停める。

「**張隻影！　その名、しっかり記憶したぞっ‼**」「**次は容赦しねぇ！**」

蛇矛と長斧を突きあげ、『狼』達が敵騎兵と共に整然と退いて行く、

「馬鹿な……」「嘘だろ、おい」

……助かった、か。

どっと疲労を覚えていると、親父殿が振り返られた。

「隻影、引き揚げようぞ。明鈴殿に頼み、大運河に秘匿しておいた外輪船団を用い、軍を機動させたのだ。そのお陰で何とかお前の救援には間に合ったが……儂より先に逝った礼厳へ愚痴も言わねばならぬ」

「！　明鈴の――……了解です。あ、あの親父殿！」

「『有難う』なぞとは言ってくれるなよ？　儂は至極当然のことをしただけに過ぎん」

「は、はい」

味方将兵から失笑が漏れる。睨みつけるとますます笑いは大きくなった。

親父殿も満足気に目元を緩め――戦場全体に轟く命令を発せられる。

「皆、儂のいぬ間、よくぞ奮戦してくれた。追い打ちは不要！　負傷した者を見捨てず、敬陽へと下がるべし」

『はっ！　張泰嵐様っ!!』

＊

「せ～き～え～いぃぃ……」

「うおっ！」

張家屋敷の自室で俺を待ち構えていたのは、怒れる張白玲だった。銀髪を逆立て、蒼眼は刃のように鋭い。

室内には朝霞(アサカ)とオトもいるが……駄目だ。楽しんでいやがる。

白玲(ハクレイ)の圧に押されるも、必死に両手で押し留(とど)める。

「な、何だよ？　き、今日はお前に怒られることなんて、していない――」

「オトさんから全部聞きました」

「なっ⁉」

う、裏切りだとっ⁉

楽し気な朝霞(アサカ)の横で褐色肌の少女がお澄まし顔になる。

「私は何時(いつ)でも何処(どこ)でも女の子の味方です。瑠璃(ルリ)様を呼んで参りますね」

「オト様とは良いお友達になれる気がしています♪」

そう言うと、二人はさっさと部屋を出て行った。

最初から、俺の言動を探る密約が結ばれていたのかっ。ふ、不覚……。

頭を抱えたくなっていると白玲(ハクレイ)が長椅子に腰かけた。

「さ、座ってください」

「……はい」

この状況で断れる度胸なんて、俺にはない。

【黒星】を【白星(はくせい)】の傍(そば)に立てかけ、少女の隣へ。

「まったくっ！　何が『万が一、俺が討たれたら――』ですかっ‼　私はそんな許可を出した覚えはありませんっ‼　しかも、敵の『金狼（きんろう）』と『銀狼（ぎんろう）』を同時に相手にするなんてっ！　怒りますよ⁉」

「……いや、もう怒ってるんじゃ」

両手を合わせ、白玲（ハクレイ）が微笑（ほほえ）んだ。

背筋が凍る。あ、ヤバイ。

「何か？」

「…………すいませんでした」

人間、素直が一番なのだ。

溜（た）め息が聞こえ――頭を抱きかかえられる。

花の匂い。入浴する余裕が西方方面にはあったらしい。

黒髪を指で梳（す）きながら、白玲（ハクレイ）が文句を言ってくる。

「これだから貴方（あなた）を独りにするのは嫌なんです。何時（いつ）もは『地方の文官になるんだ！』と言っておいて……私がいない時に、かぎって……むちゃ、ばかりしてぇ…………」

頬に温かいものを感じる。

顔を上げ、瞳を濡（ぬ）らす白玲（ハクレイ）をからかう。

「泣くなよ。爺（じい）には会ったか？」

「……泣いてなんかいません。礼厳（ライゲン）とはお別れをしてきました」

横を向き、銀髪の少女は目元を袖で拭った。

肩と肩をくっつけ、早口での通告。

「明日は一緒ですからね？」

「いや、そいつは」

「聞きません。絶対に聞きません。……ききません」

「はぁ……」

頑とした態度と涙に俺は往生してしまう。張白玲（チョウハクレイ）は頑固者なのだ。

廊下から複数の足音が聞こえてきたので、救援を請（こ）う。

「すまん……百戦錬磨の軍師殿、うちの御姫様（おひめさま）を説得してくれ」

「馬鹿ね。嫌に決まっているでしょう」

黒猫を左肩に乗せ、青の帽子を脱いでいる瑠璃（ルリ）がつかつかと近づいて来た。当然のようにオトも一緒だ。

目の前に、小さな指を突き付けられた。

……あれ？　もしや怒っている？？

「いい？　良い機会だから、無理無茶が大好きな自称地方文官志望さんに教えてあげる。人間は死んだらお仕舞いなのよ？？　生きて、生きて、生き抜いてっ！」

翠眼(すいがん)に宿った強い意志の光が俺を貫く。

——ああ、そうか。この仙娘(せんこ)も故郷と家族を一度喪(うしな)っているんだよな。

瑠璃(ルリ)が俺の額を指で弾(はじ)く。

「先に逝ってしまった人達が見られなかった世界を見る。それが、生き残った者の務めでしょう？　そうは思わない、張隻影(チョウセキエイ)様？」

「……隻影(セキエイ)？」

泣き続ける白玲(ハクレイ)が俺の袖を引っ張った。

……是非もない。両手を挙げる。

「参った。俺の負けだ。ただし！　白玲(ハクレイ)の同行は親父殿と瑠璃(ルリ)の許可を……」

「私は構わないわ。西方の状況は端的に言って手詰まりよ。オト」

「はい、瑠璃(ルリ)様」

円卓上に絵図の巻き物が広げられる。

俺は白玲(ハクレイ)の涙を布で拭いつつ、覗(のぞ)き込む。

描かれていたのは敬陽(ケイヨウ)の防衛態勢だった。

西方の防塁と塹壕の幾つかが潰されているが、大半は健在だ。

瑠璃が俺の隣へ座り、黒猫のユイを膝上に乗せ撫でる。

「迂回作戦以降、西冬軍は地道に一つ一つ防塁と壕を潰しながら前進しようとしているわ。それに対して、こっちは弓や火槍で対抗中よ。時折、逆襲もかけてね。今日なんて白玲が敵陣の投石器を燃やし――」

「待った」

そこまで聞き、俺は瑠璃の戦況報告を遮った。

隣の白玲を睨みつける。

「……おい、逆襲の件、聞いてないぞ？」

「言ったら反対すると思ったので。父上には許可を貰っています」

「なっ！　あのなぁ……お前は張家の跡取り娘なんだぞ？　何かあったら、どーするつもり――え、えーっと、瑠璃さん？　オトさん？？　何故にそのような顔を？？？」

俺の説教は軍師とその補佐役の『こいつは何を言っているんだ？』という目線に耐えられず、尻すぼみになった。

「あんたが悪いわね」「隻影様が悪いかと」

「なっ⁉」

反論すら許さない口調に俺は口を鯉のように、開け閉めする。

白玲と瑠璃が頰を突いてきた。

「貴方だって『張隻影』です」「明鈴が愚痴を吐くのも分かるわ」「無自覚ですね」

「グググ……」

だ、駄目だ。勝ち筋が全く見えん。

オトまでしれっと加わっていやがるし。

「はっはっはっ！　楽しそうだな」「失礼します」

『！』

呵々大笑されながら軍装の親父殿がやって来られた。庭破を従えている。

慌てて立ち上がろうとし、大きな手で制止される。

「楽にしてくれ。時間も余りない。何しろ――明日は決戦だからな。早く寝て、疲労を取らねばな。済まぬが認識を合わせておきたい」

瞳に浮かぶ決意で理解する。

【護国】張泰嵐は諦めてなどいない。

俺は白玲に目配せし、次いで此度の攻防戦でも異才を発揮している軍師へ請うた。

「瑠璃――明日の戦況予測を頼む。想定は、【白鬼】アダイが率いる玄軍本隊が朝には布陣。再編されているだろう『四狼』も配下の軍と共に参陣している、だ」

「野戦用の投石器はない、と思われます。『白鳳城』を落として未だ三日。運搬と組み立ての時間があるとは思えません」

「……気休めね。玄軍主力と数を減らしたとはいえ西冬軍も加わるのよ？」

深い溜め息を吐き、瑠璃は手を組み小さな頭を押し付けた。

オトと庭破が最新情報を補足する。

「その『四狼』ですが、一人は姿を見せていないようです」

「先程戻った斥候の情報なのでまず間違いはないかと」

敵先陣は『金狼』と『銀狼』。

『赤狼』と『灰狼』は斃したが……『一人』か。

先の戦で交戦し、白玲と瑠璃の助けを借りて退けた、黒髪巨軀で左頰に刀傷を持つ化け物――【黒刃】ギセンの姿が脳裏を過る。

瑠璃の一族の仇と聞くあの男も現れる可能性が高い。

金髪の仙娘が顔を上げた。暗澹たる様子で頭を振る。

「結論から言うわ――無傷での勝利は彼の【王英】でも不可能よ」

至極真っ当な意見だ。

いや、あいつは逆にこの状況になるよう追い込む側だな。

『戦は始まる前に決着するのが一番良い。……お前みたいに、剣で全ての戦局をひっくり返す輩には分からんだろうがっ！』

考えてみると失敬だな。前世の俺だってそんな馬鹿げたことは……。

瑠璃が各情報から敵戦力を判定する。

「玄軍の投入兵力は用意している陣の規模からして推定約十五万。【白鬼】が総指揮を執り、勇将、猛将数多……しかも、殆どは精鋭騎兵だと思われるわ」

奪取した『白鳳城』に守備の兵を分派してなお、野戦にそれだけの兵力を投入してくる。

敵軍の各個分散と友軍の戦力集中。

……親父殿が一時的に敬陽を離れたことすらも、奴の手の内だったのかもしれない。

アダイ・ダダは恐ろしく手堅い男だ。

瑠璃が敬陽西方へ指を走らせる。

「緒戦で騎兵多数を喪った西冬軍に、迂回を再度決行する動きは見当たらない。けれど、敬陽を強攻されれば」

「守備兵の二万は引き抜けないだろうな」

まず間違いなく、明日は助攻の西冬軍も強攻してくる。

つまり、俺達が野戦で動かせる健常な兵は約三万しかない。

「かと言って、全軍での籠城策も無意味よ。……増援がないもの。さっき届いたわ」

金髪翠眼の軍師が卓上に紙片を取り出した。明鈴の文字だ。硬い。

『廟堂の意見は完全に迷走し、敬陽救援派と臨京防衛派が連日言い争っているようです。西冬で試作されていたという品を送りました。瑠璃さん……どうか、隻影様と白玲さん達を助けてください』

……最悪だ。

老宰相は『敬陽救援』を主張していると信じるが、この後に及んで都の防衛⁉

白玲が不安そうに俺の袖を摘まみ、親父殿は拳を握り締められた。

「籠城するつもりはない。大河下流を渡河した敵軍は潰した。これで東側面を突かれる心配はない」

あっさりと自らが成し遂げた新たな武功を提示し、張泰嵐が全てを断ち切る。

「事此処に到った以上——明日は、ただただ敵本陣目掛け駆ける他あるまい？　なに、あれ程の大軍なのだ。必ず統制に綻びは生じよう。アダイと謂えど……神ではない」

真に恐るべき【張護国】。

唯一ある逆転の目——敵総大将、玄皇帝アダイ・ダダを討つことだけを狙われると。

俺と白玲は同時に口を開いた。

「お付き合いしますよ」「父上、隻影と共に駆けること、御許しくださいっ！」

「…………すまぬ」「「っ！」」

庭破とオトが驚くのも気にせず、親父殿は俺達へ頭を下げられた。

こういう人こそ『名将』なのだろう。

「策はあるわ」

瑠璃が重い口調で呟くと、皆の視線が集中した。

手に黒花を生みだし、仙娘が俯き自嘲する。

「……ごめん。違うわね。こんなのは策でもなんでもない。単なる小細工よ。でも、単なる突撃よりはずっと可能性があると思う」

決戦についての認識合わせが終わると、親父殿と庭破は足早に部屋を出て行った。

次いで頭を使い過ぎたのか、眠り込んだ瑠璃を背負うオトを見送り――俺は最後まで残った白玲に向き直る。

「ほら、お前も部屋に」「今夜は！」

言葉を遮られ、胸に頭を押し付けられた。

身体が震えている。

「……今夜は一緒がいいです。ダメ、ですか……？」

様々なことを勘案し、俺は優しく背中を擦った。

「仕方ねぇなぁ。襲うなよ？」

「お、襲いませんっ！　……もうっ」

頰を膨らませた白玲は寝台に寝転がり、嬉しそうに笑みを零す。

「嘘を言いました――今夜じゃなく、『明日も』でした」

「分かってるって。今更、あーだこーだ、言わねぇよ」

棚から夜具を取り出して銀髪の少女にかけ、緋色の髪紐を解く。

寝台脇に立てかけたある双剣を見つめる。

「【黒星】【白星】――二振り揃っての【天剣】だ。勝ちを確信しているだろう白い鬼に、俺とお前で目に物見せてやろうぜ。お前の背中は俺が守る。任せとけ」

「――なら」

白玲が上半身を起こし、俺の右手を取って抱きかかえ、祈るかのように目を瞑った。

「私も貴方を絶対死なせません。約束します」

「俺もお前を絶対死なせるつもりはねーなぁ」

「……そ、そこは、照れてください、もうっ！」

＊

「親父殿！」「父上！」

翌朝薄明の敬陽北方郊外。

俺と白玲は、戦支度を整えた張家軍約三万の最前列で、朝霧に蠢く敵陣を見つめられていた名将に呼びかけた。手に持つ青龍偃月刀が光を放つ。

「二人共――来たな。瑠璃殿は納得してくれたか？」

「ええ、何とか」

「大分拗ねられましたけど。オトさんが宥めてくれました。朝霞を護衛につけています」

振り向かれず問われたので、応答し並ぶ。

説得はかなり苦労した。……朝霞（アサカ）もだが。

俺は瑠璃（ルリ）が『必ず返しなさい！』と無理矢理押し付けてきた望遠鏡を取り出し、敵先陣を確認する、

――敵先陣の軍旗は『金狼（きんろう）』と『銀狼（ぎんろう）』。

瑠璃（ルリ）の策通りなら、いきなりの再戦になるだろう。

望遠鏡を懐（ふところ）に仕舞い、肩を竦（すく）める。

「あいつは史書に出てくるような引き籠り軍師じゃなく、馬にも乗れて、何なら弓だって扱えます。本当は戦場で指揮を執ってほしいんですがね」

「予想通り西冬（セイトウ）軍にも動きが。敬陽（ケイヨウ）には瑠璃（ルリ）さんが必要です」

「うむ。……庭破（テイハ）はどうした？」

「あいつの方が大変でしたよ」

普段は生真面目（きまじめ）で俺と白玲（ハクレイ）の命令によく服してくれているが……礼厳（ライゲン）の死に強い責任を感じていたのだろう、中々『諾』とは言ってくれなかった。

何しろ【玄（ゲン）】との決戦なのだ。気持ちは痛い程分かる。

俺は息を吐き、戦場を見渡した。

友軍左翼の奥――唯一存在する小さな丘上には鹵獲した投石器数台が据えられ、『張』の旗が揺らめいている。昨晩の内に布陣した俺と白玲が直接率いる約三千だ。

敵軍からすれば突出しているし、あからさまな囮と認識しているだろう。

……そうであってほしい。

風が草を揺らし、ゆっくりと朝霧を払っていく。とんでもない大軍だ。

俺は武者震いを覚え、【黒星】の柄を握り締める。

「ただ、親父殿と白玲、俺まで出撃する以上、誰かしらが敬陽に残る必要があります。瑠璃は兵達から絶大な信頼を得ていますが、うちの軍に加わって日が浅い。指揮を執る者が必要です」

「……庭破には気の毒なことをしました」

蒼眼の少女が銀髪を押さえ、沈痛さを滲ませた。

目の前に仇がいる。なのに留守居を命じられる。

――服するのは辛い決断だ。

「酷なのは分かっておる。が、他に手もない。今や庭破も激戦を潜り抜けた猛者。難戦を経て、大局を俯瞰する目も養っていよう――斥候に敵陣を探らせた。まずは見よ」

「「はっ！」」

俺は親父殿が差し出された紙片を受け取るとすぐに広げ、白玲と共に覗き込んだ。

敵軍の隊列が分かり易く描かれている。

やはり、先陣は『金狼』『銀狼』兄弟率いる精鋭騎兵。

それに続くは数多の勇将、猛将達。

アダイのいる本陣は最後方にあり、守っているのは【黒狼】。

おそらく、玄軍最強の勇士である【黒刃】ギセンだろう。栄達したか。

目標である【白鬼】を討つには、『金狼』『銀狼』を、勇将や猛将を、十五万を超える敵兵を、人の形をした化け物を突破しないとならない。

見終えた俺はそれでも純粋な賛嘆を零す。

「は～！　こいつは壮観ですね」

「……隻影、敵を褒めてどうするんですか」

隣の白玲が肘で突いてきた。紙を畳んで懐に仕舞う。

「事実だろ？　もし、親父殿の指揮下にこれだけの軍があれば、俺はとっくの昔に地方の文官になってる」

「……今は冗談を聞く気分じゃありません」

不機嫌を隠そうともせず、そっぽを向く。

白玲は張家の麒麟児だ。俺の言葉を誰よりも理解している。

銀髪蒼眼の少女が居ずまいを正す。

「父上、進言致します。此度の戦……瑠璃さんの策を以てしても勝機は薄いと考えます。どうか、本営で指揮を！　【白鬼】は私と隻影が必ずや討って御覧に入れます‼」

俺は『ついて来い』らしい。ま、断られてもついていくし、死なせやしないが。

突然、親父殿が動かれ、

「……白玲」

「え？」『！』

愛娘を抱きしめた。後方で俺達の様子を窺っている兵士達も、控えめに驚く。

皆の反応も気にせず、親父殿が大きな手で白玲の頭を撫で回す。

「まだまだ幼いと思っていたが、知らぬ間に育っていたのだな。……くっくっくっ。儂の髪と髭が白くなるわけよ」

「父上……」

手を離し、【栄】の命運を担う名将は相好を崩された。

「お前の献身を心から嬉しく思う。だが——作戦に変更はない。理由は分かるな？」

「………はい」

白玲（ハクレイ）は顔をくしゃっと歪（ゆが）め、俺の胸に顔を押し付けた。涙で軍装が濡（ぬ）れていく。

策はある。瑠璃（ルリ）の絞り出した回天の策が。

同時に細い細い糸を手繰り寄せ事を為（な）すには、白玲（ハクレイ）と俺じゃ役不足だ。

――もうすぐ夜が明ける。

俺は白玲（ハクレイ）の肩を抱き締め、言上した。

「張泰嵐（チョウタイラン）将軍、皆が御言葉（おことば）を待っています」

「――……うむ」

巨馬へと乗られた名将が三万の味方に向き直る。

「我が兵（つわもの）共！　よくぞ集まってくれた。張泰嵐（チョウタイラン）だ‼」

『オオオオオオオオオオ！！！！！』

味方の大歓呼に敵陣内が慌ただしさを増す。

親父殿は美髭（びし）に触れ、苦笑した。

「一晩考えたのだがな……このような場でする話を思いつかなんだ。これだから、都の学を修めた者達に武官は馬鹿だと嗤（わら）われるのかもしれん」

殺気じみていた将兵の顔もいくぶん和らぐ。

怒鳴っていないのに不思議と通る声だ。数多の戦場を生き延び得たものだろう。

一転、親父殿の顔に厳しさが宿った。

「故に——嘘は言えぬ。我等は著しく劣勢である」

『…………』

陣内が鎮まり返る中、馬を返し敵軍へ右手の青龍偃月刀を突き出される。

「敵軍を率いるは玄皇帝【白鬼】アダイ・ダダ。先陣は猛将『金狼』『銀狼』兄弟。他にも、勇将、智将、名将綺羅星の如し。兵数差は比べるべくもない。……対して我が方は」

肩越しに見えた顔には疲労と諦念。考えてみれば当たり前だ。

親父殿は今まですっと……前方の狼だけでなく、後門で現実を無視し飯事をしている味方とも戦ってきたのだから。

兜を直され、深く嘆かれる。

「数は少なく、連戦に次ぐ連戦で疲労もある。勝ち目は薄いのかもしれん」

『…………』

重い重い沈黙。将兵達の顔には主を追い詰めた者達への憤怒が見て取れる。

この七年余り、戦場で張家軍は常に勝ち続けてきた。

にも拘わらず戦況は悪化の一途をたどっているのだ。

「だがな？　我等は諦めるわけにはいかぬ。……いかぬのだっ！」

激情と共に親父殿が胸甲を叩かれた。腰に差された礼厳の短刀も音を立てる。

「今や『白鳳城』は落ち、老礼厳と古兵達の多くも散った！　都の者共は当てにならず、我等が戦わずば、今日にでも『敬陽』は奴等の手に落ちよう。そうならば……我等の故国は幾許も経たぬ内に滅びる…………」

「親父殿……」「父上……」『…………っ』

栄帝国の守護神、【護国】と謳われる名将の頬を一滴の涙が伝った。

声を震わせ、握りこまれた短刀が軋む。

「常々『北伐』を口にしながら、このような仕儀に立ち至ったは……偏に全て儂の力不足故……真、慚愧に耐えず……情けない……まこと、情けない話ではあるが、今や汝等の奮戦に期待する他はなし」

違う。悪いのは親父殿じゃない。悪いのははっ……その瞬間、光が差し込んだ。

夜が明けたのだ。

朝陽の中で張泰嵐が高々と右手の青龍偃月刀を掲げられ、獅子吼する。

「【栄】の荒廃、かかりて此の一戦にあり！　すまぬが……皆の力を儂に貸してくれ‼」

『張将軍、万歳っ！　張家軍、万歳っ！　栄帝国、万々歳っ‼！　我等誓って、勝利を捧げんっ！！！！！』

将兵達も各々の武器や拳を天高く突きあげ、叫び続ける。

俺は腕の中でポロポロと涙を零す銀髪の少女の背を軽く叩き、頷き合う。

――行かなきゃならない。俺達の動き次第で勝敗が分かれる。

友軍の士気を極限まで高めた名将が心底楽し気に笑った。

「隻影、白玲――どちらが先にアダイの首を挙げるか勝負ぞ？　先に討っても恨んでくれるな。敵本営で待つ！」

「「はっ！」」

「劣勢を承知で、自軍の士気を高揚させ野戦に打って出るか。愉しませてくれる」

＊

私——玄帝国皇帝アダイ・ダダは敬陽北の本営で張家軍の心地よい咆哮を玉座に座りながら聞き、呟いた。近くに立つ『狼』『龍』『老桃』の描かれた巨大な軍旗が揺れる。

後方の【黒狼】ギセンもまた、鋭い眼光を敵軍へ向けた。

【御方】の齎した朝霧の情報と、筏上に設置した投石器による奇襲は、難攻不落の『白鳳城』を陥落せしめた。

今、我が眼下に布陣しているは騎兵を主力とした約十五万。

対して、張家軍は様々な情報により約三万程度だと判明している。我が策による西冬軍の攻勢により、寡兵の軍を二分せざるを得ないのであろう。

故に——『鬼礼厳』との戦いで傷ついた者達と、『白鳳城』の守備に兵を割いてもなお。

兵力差は実に五倍。

大河下流を渡河した第二軍は張泰嵐の見事な手並みで撃破されてしまったが、予定通り、『臨京』の愚者共を脅す効果は十分果たした。

栄の老宰相、楊文祥が危機を訴えようとも、偽帝が怯えてしまえば動けまい。

——奴等に増援はないのだ。籠城戦は即ち敗北を意味する。

出来れば張泰嵐と野戦でぶつかり合いたくはなかったが……名将への最後の手向けと考えてもよかろう。

私が片肘をつきほくそ笑んでいると、背に『金狼旗』を挿し若い騎兵が飛び込んできた。

「先陣より急ぎ伝令っ！」

「貴様！　皇帝陛下の御前であるぞっ‼　下馬を——」

「戦場に儀礼は不要。直答を許す」

老元帥が咎めようとしたのを止め、先を促す。

——諸将達に見せる為の茶番だ。我が爺は未だに過保護で困る。

一瞬だけ目で謝意を老人へ伝え、若い騎兵を左手で促す。

「『西南の丘に陣取ったは敵兵は約三千！　張泰嵐がどの隊を率いているかは依然として不明‼』——御免っ」

頬を紅潮させた伝令は口上を述べ、任務へ戻っていく。

私は絹のように滑らかな頬へ手を置き、思案を巡らす。長い白髪が視界を掠めた。

「張泰嵐の姿がない、か。本営に引き籠っているとも思えぬが……」

名将は諦めを知らぬ。

皇英峰も諦めを知らず、幾度となく絶体絶命の危機を【天剣】により切り開いた。

決戦において、張泰嵐ともあろう漢が後方でふんぞり返っていることなどあり得ぬ。

……奴の位置を把握するまでは攻勢を待つべきか？

突然、老元帥が両拳を合わせて叫んだ。

「陛下！　恐れながら言上仕ります。我等は敵を圧する大兵！　何を悩むことがございましょうや！　今はただ御命じください――『広く草原のように布陣し、全てを喰らいつくせ』。それこそが、我等の古き戦の様！」

迷いを気取られたか。慎重になり過ぎるのは私の宿痾なのだ。

意識的に相好を崩す。

「ふっ……歳の功には敵わぬな」

「先々代の皇帝陛下と共に戦場を駆けた身なれば」

短剣を抜き放ち、命じる。

「角笛を吹き鳴らせ！　先陣の『金狼』『銀狼』に突撃をかけさせよ。本営に残るは爺とギセンと『黒槍騎』、伝令と戦場観察の兵がいれば良い。行けっ！」

『応っ！！！！』「「…………」」

諸将が意気揚々と本営を飛び出していく。時に狼の鎖は外してやるのが良い。

解放されなかった黒髪の偉丈夫と老元帥は鋭い眼光のままだ。

私は思考を察し、短剣を納めた。

「ギセン、張家の息子が気になっておるようだな？」

「……いえ、そのような」

「よい。戦況次第では汝と『黒槍騎』の手も借りることも――」

「で、伝令っ！　ひっ」

先程とは違う旗を背中に挿した、幼いと言っていい騎兵が飛び込んで来た。

即座に警護の『黒槍騎』が槍を突き付ける。ギセンが選抜した者達だけあって、警戒を強めているようだ。

ギセンが短く「……話せ」と幼い騎兵を促す。

「は、はいっ！」

落ち着いた伝令が早口で口上を述べ、本営を逃げるように去っていく。

「…………」

珍しく私は呆気に取られ、口元を押さえた。

これはこれは……あの者は北方から間に合わないと思っていたが。

「——……くっくっくっ」

「?」「陛下、如何致しましたか?」

ギセンが片方の眉をひそめ、老元帥が問うてきた。

各隊が鳴らす角笛の音色を聞き分けながら、左手を振る。

この身体はまともに剣を振るえず、馬に乗ることすら儘ならぬ女子の如き身体だが、耳だけは人より優れている。

「ああ、すまぬ。どうやら我等はこの戦、既に勝った——ぬっ」

空中を飛翔する複数の間の抜けた音。

直後——先陣の前衛が吹き飛ばされると同時に、炎が踊り、雷鳴の如き轟音が戦場全体を揺るがした。

突出し丘に布陣している敵軍の投石器から放たれたか。

「ほぉ」「ぬっ」「……火薬」

私は目を細め、老元帥も警戒し、ギセンが使用した兵器に見当をつける。

他の栄軍があのような兵器を運用した戦例はない。

我等と同じく注視している者がいるのか。

「【西冬】が極秘裏に開発を進めていた、陶器に火薬を込め投げつけるという奇怪な兵器の一つ……確か『震天雷』と言ったか。それを投石器で打ち込んでこようとは小賢しい」

火薬を用いた兵器の開発は西冬の技術者達によって『燕京』で試作中だ。火槍に続き先を越されようとは。

私は老元帥に命じる。

「伝令を走らせ、先陣を落ち着かせよ。丘の敵は戦前の命令通り無視して良い。あ奴等は『撒き餌』だ。どうせ連射も出来ぬ。それよりも張泰嵐を探せ。奴は全軍に混乱を惹起させ、我が本陣を突かんと——……全軍突撃の角笛だと？」

聞こえてはならぬ音を、明敏な耳ははっきりと捉えた。

先程と異なり敵味方合わせ十数万の兵が動き回ったことで、土煙が視界を妨げている。

爺が鋭く、高い梯子上から観察を務めている兵達へ問う。

「何事だっ！」

「『銀槍騎』、突出せり丘の敵部隊へ突撃を開始っ‼」「『金槍騎』も同調する模様っ！」

「何だと⁉」

……忠誠無比を以てなるあのズソ兄弟が、私の命令を違えた？

つまり、それ程の脅威を覚える存在がいる。

ギセンが鋭い声を発した。

「丘上の敵将は何者か！」

「遠方と土煙故、はっきりとは……。先頭で白馬を駆る銀髪の将の姿は確認出来ますっ！その隣には黒馬の将っ‼」

「……了解した」『……っ』

偵察兵の答えにギセンと数名の『黒槍騎』が動揺を示した。……そうか。

私は顎に手をやる。

「災厄を齎す銀髪蒼眼の娘……ズソ兄弟はグエンとセウルを討ったという張泰嵐の娘と息子の脅威を前線の将として重く見たか。爺」

「前線にて指揮を執り申す。御免っ！」

歴戦の老元帥が危機を察知し、親衛と共に馬を走らせる。

……間に合えば良いが。

その間も刻々と戦況は変化していく。

投石器のそれよりは小さな爆発音が連続して聞こえ、それに混じり幾度も『張泰嵐！』といった味方の叫びが別方向から複数混じる。

「敵陣より謎の轟音！　先陣の前衛が崩れていますっ‼」

「丘の敵軍も『金槍騎』『銀槍騎』に逆襲を敢行する模様っ‼」

「敵全軍、突撃を——まさか……せ、先陣の側面が突かれますっ！！！！」

「………」

私は黙ったまま、肘をつきその時を待つ。

やがて——七年前と変わらぬ、人とは思えぬ名乗りが戦場全体に響き渡った。


『敵将『金狼』『銀狼』——張泰嵐(チョウタイラン)が討ち取ったりっ！！！！』

『っ！？！！！』


ギセンを除く歴戦の兵達が声ならぬ声を発した。

敵の歓声と味方の悲鳴が混じり合う。

士気の陰りを感じるも、私は今までの情報を推察していた。

「娘と息子に派手な火薬兵器を使わせ、『撒き餌』に仕立て、兄弟を釣り出し——決定的な局面で自ら討つことにより士気を極大化。しかも、『十影(じゅうえい)の策』——複数の影武者を戦場に投入することで、我が軍の混乱を誘引する、足掻（あが）くか張泰嵐（チョウタイラン）。それでこそ、だ」

名将は諦めを知らず、ありとあらゆる手段を行使する。

敵軍の恐るべき戦意からして、苦戦は免（まぬが）れまい。

突然、狐面（きつね）を被（かぶ）った若い女が紅（あか）き馬を駆って、本営に現れた。

ギセンが背の大剣に手をかけ、兵達が槍を突き出そうとしたのを制す。

「蓮（レン）の遣いか？」

「こちらを。三日前の臨京（リンケイ）で起きた出来事です」

女は名乗りもせず書簡を私に渡すや、馬首を返し戦場へと消えた。

主（あるじ）に似たのか愛想（あいそ）がない遣いだが、臨京（リンケイ）からここまでは馬で早くとも約五日。それを僅か三日とは大した技量だ。

書簡に目を走らせる。

――……そうか。

書簡を持ったまま私は背もたれに身体を預けた。

「……憐（あわ）れだな。徐（ジョ）家の長子も楊文祥（ヨウブンショウ）も……」

誰より、張泰嵐（チョウタイラン）が。

梯子上の見張り達が次々と芳（かんば）しくない戦況を報（しら）せてくる。

「中陣、先陣の兵達の敗走に巻き込まれ混乱している模様！」「投石器のある丘から、散発的な攻撃あり。『火槍』と思われます」「敵軍の勢い、止まりませんっ！」「張泰嵐（チョウタイラン）の姿、視認出来ずっ！　銀髪の女将率いる一隊が本営へ向かってきますっ！」

大軍の弊害か。一度全軍に混乱が伝播（でんぱ）すると抑えるまでには時がかかる。

張泰嵐（チョウタイラン）はこの機に全てを賭けたのだ。

自らの命と自らの愛する者達、張家軍（ちょうかぐん）――そして、【栄（エイ）】の命運すらも。

私は自分の首に指をつけ、左頬に深い傷跡を持つ黒髪の偉丈夫へ命じた。

「ギセン、張泰嵐（チョウタイラン）が遠からずやって来よう。迎撃し――首を取れ。見ての通り、馬も剣術もからきしなのだ。天下も統一せずして、このような『勝ち戦』で細首をくれてやるわけにもいかぬ」

「――御意」

＊

隊の先頭で愛馬を駆り、もう何騎目になるか覚えていない敵兵へ矢を放ちながら隊列を突破すると——視界が開けた。

敵味方合わせ十数万が死闘を繰り広げている戦場は混沌(こんとん)の極みにあるが、少なくとも間近に敵軍はいない。

俺は戦況を察知し、隣を駆ける銀髪の少女へ叫ぶ。

「白玲(ハクレイ)、右の丘っ！」「はいっ！」

一気に隊を小高い丘へと誘導し、「小休止だ！」と命じ戦場を見渡す。

疲れ切り大きく数を減らした兵達が水筒を取り出し、傷口に布を巻きつけ始めた。

俺の傍(そば)を離れた白玲(ハクレイ)も、古参兵達へ指示を出し労(ねぎら)っている。将の器だな。

明鈴(メイリン)が送ってきた奇妙な兵器——陶器に火薬を詰め破裂させる『震天雷』は、敵先陣の『金狼(きんろう)』『銀狼』からすると想像以上に脅威だったようで、

『まずは投石器を目立たせ、あんたと白玲(ハクレイ)も『餌』にする。そこに喰(く)いついた敵先陣の両将を張(チョウ)将軍が討ち、混乱を惹起する』

という、瑠璃(ルリ)の賭けは完全に成就(じょうじゅ)した。

主将の『金狼』『銀狼』を喪(うしな)い、親父(おやじ)殿が直率する張家軍最精鋭部隊の強襲を受けた結果、敵先陣は潰走、敵の後備えをも壊乱させたのだ。

──その結果。

『張泰嵐っ！』『違う、そいつも偽者だっ！』『奴はいったい何処にいるのだっ!?』

二つ目の瑠璃の策──『本軍を十隊に分け、それぞれに張泰嵐の影武者を配置する』も依然、魔術的な効果を発揮している。

『敵軍に大混乱を惹起させ、その隙をついて全軍で敵本営を突く、分かり易いでしょう？　……ごめんなさい。私の頭じゃ、これ以外の策を思いつけないのよ』

出陣前、白玲に抱き着きながら金髪翠眼の軍師殿は涙を浮かべ、落ち込んでいた。

だが、奇妙な火薬兵器と投石器を組み合わせ、髪色で敵側から判別されやすい白玲を『囮』に使い、影武者を配置し流言を飛ばす。

一つ一つは思いついても、全て合わせて考えるのは難しい。

──あいつを軍師にしていなかったら、もう詰んでいただろうな。

懐から竹製の水筒を取りだし、一口飲む。身体に染み渡り、疲労も幾分かマシになる。

「さて、と……どうしたもんか」

戦況は正に佳境を迎えつつあるようだ。

そこかしこではためく『張』の旗には未だ強固な戦意が感じられ、逆に敵軍は決死の突撃で陣形が大きく乱れている。

同時に、精強張家軍と謂えど戦えば傷つき、疲労も蓄積していく。

巨大な軍旗のはためく敵本営まではまだ距離がある。

敵味方の声からして、親父殿も辿り着いていない。

……このままだと。

兵達への指示を終えた白玲が馬を寄せ、俺の矢筒に矢を入れた。

「隻影、矢の再配分はこれで最後です。水筒、貸してください」

「ああ」

手に持っていた水筒を投げ渡す。

躊躇なく水を飲む少女の汚れた頰を布で拭い、愚痴を零す。

「火槍を騎兵で使えればいいんだがな。震天雷でもいい」

「余程訓練していないと味方の馬も逃げます。使うなら下馬してじゃないと」

「だよなぁ……」

どうにか互角の戦いを繰り広げているものの、俺達は寡兵なのだ。

敵陣深くまで切り込んでいる以上、『馬』という機動力を喪ってしまえば……腰の【黒星】に目を落とす。

最悪、俺が単独で『匹』を——

「若！　我等にお任せを！」

突然の嗄れた大声に思考を無理矢理戻される。白玲が「……隻影ぃ？」俺を睨んでいるように見えるが、気にしたら負けだ。

俺は集まって来た数十名の老兵達に困惑する。全員徒歩だ。

「お前等、馬は？　それにそいつは……」

「軍師殿にお願い致しまして」

先頭の老兵が血と汗で汚れた顔をくしゃくしゃにした。負傷したらしく、左目を布で覆っている。

手に竹筒の火槍を握り、老兵達が口々に訴えてくる。

「我等の馬はもう走れませぬ」「此処で敵を引きつけ申す」「【白鬼】の本陣は指呼の間。急がねば、張将軍に怒られますぞ？」「礼厳様ならば必ずや同じ判断をされるものと」

鼻の奥がツンとし、手に持つ弓が力を入れ過ぎて軋んだ。

「駄目だっ。そんなことを認めるわけには」

「若」

片目の老兵が朗らかな笑みとなった。老兵達の瞳にも強い意志。

そうか……そうかよ。

俺は少しの間、瞑目し口を開く。

「……分かった。だが」「死ぬことは許しません」

水筒を馬に括りつけた革鞄へ仕舞い、白玲が会話に加わってきた。

手を伸ばし、俺の頰を布で拭う。

「貴方達が死んだら、隻影は生涯自分を責め続けます。こう見えてとても泣き虫なので……。必ず生き残ってください」

「なっ！　お、お前なぁ……」

「事実ですから」

「くっ」

老兵達との会話を聞いていた兵士達が笑いを漏らし、次々と隊全体に伝播していく。

ひとしきり笑った後、片目の老兵が威厳ある敬礼をした。

「了解致しました。御二人の婚礼を見るまでは死にませぬ。若、白玲様——御武運を！」

『御武運をっ！』

「……武運を」

短く返して馬を進ませ、戦況へ目を落とす。

さっきよりも『張』の旗に勢いがなくなっている。もう刻がない。

俺は歯を食い縛り、怒りを吐き出す。あいつ等は死ぬつもりなのだ。

「……馬鹿野郎共がっ……」

「隻影、大丈夫です。私も」

白玲が俺の頬に触れてきた。

蒼の双眸には薄っすら涙――一緒に背負ってくれる、か。

心の平静を取り戻し、感謝を示す。

まず白玲と目を合わせ、次いで肩越しに兵達を見やる。

「皆、行くぞっ！　【白鬼】を討つ！！！！！」

『応っ！！！！！』

立ち塞がる騎兵へ矢を放ち、擦れ違い様に【黒星】で金属製の胴を薙ぐ。

後方から聞こえていた火槍の音は既にない。

……が。

「隻影っ！　あそこですっ！」

白玲の注意喚起を受け、前方を確認。

張泰嵐と黒髪黒装の敵将――【黒刃】ギセンが一騎打ちを行っている。

青龍偃月刀と大剣とが、人とは思えぬ速度でぶつかり合って火花を散らし、都度恐ろしい音が戦場全体に木霊する。黒装の敵騎兵と友軍の騎兵が介入の機を窺っているが、余りの凄まじさに手を出せないようだ。

距離を取り、親父殿が青龍偃月刀を敵将に突き付ける。

「やるっ！　ギセンと言ったか？　『玄最強の勇士』の異名、嘘ではないようだなっ！」

「張泰嵐、先には行かせぬ」

「押し通るっ！」

再び両者が接近し、刃を交わす。

今、この場で行われている対決こそ、【栄】と【玄】、その最強対決なのだろう。

俺はちらり、と隣の少女へ目配せし──

「親父殿っ！」「父上っ！」

矢で牽制し、叫びながら場に殴り込む。

「…………」

恐るべき玄の怪物は無表情で身体を動かして躱し、大剣を肩に載せた。

後方の張泰嵐が怒気を放つ。

「隻影、白玲っ！　勝負の邪魔を──」

「親父殿、討つべき相手はそいつじゃありませんっ！」「父上、先へっ‼」

最後まで言わせない。

たとえ、ギセンを討とうとも……アダイを討てなかったら俺達の負けなのだ。

息を呑む気配がし、

「っ！　……分かった。任せるっ！　皆、これで最後だっ！　征くぞっ‼」

『おおおおお！！！！！』

親父殿は精鋭騎兵を纏めるや、突破を再開した。

敵本営を守る黒装の敵騎兵と激突し、怒号、悲鳴が辺りを包む。

「………」

「行かせねぇよっ！」「貴方の相手は私達ですっ！」

巨馬を親父殿へ向けようとしたギセンへ、俺と白玲は矢を速射。激戦を生き残ってきた兵達も容赦なく矢の雨を降らせる。

「邪魔をするな、張隻影！」

その悉くを大剣で叩き斬り、左頬の傷跡を歪めた敵将が一直線に駆けてきた。

剣の柄に手をかけた少女の前へ馬を走らせ、衝撃に耐えながら【黒星】で辛くも大剣を切り払う。

「白玲(ハクレイ)、前へ出るなっ！　腕力が違い過ぎる。剣は耐えられても腕ごと持ってかれるぞっ！　弓で援護してくれっ！」

「っ……はいっ！」

唇を噛(か)み締め、幼馴染(おさななじみ)の少女はやや後方へ下がった。

副官らしき敵の老騎兵が指揮棒を振るい、俺達の隊と交戦を開始する。

ギセンへの牽制が減る中、怒鳴る。

「西冬(セイトウ)では徐飛鷹(ジョヒヨウ)を可愛(かわい)がってくれたみたいだなっ！　お返しをさせてもらうぞっ‼」

馬を走らせ、擦れ違い様に斬撃を交換しあう。

一撃ごとに手が痺(しび)れやがるっ。こいつ……本当に人間かっ⁉

白玲(ハクレイ)の矢を大剣で無造作に防ぎ、ギセンが目を細めた。

「……それはこちらとて。我が主(あるじ)『灰狼(かいろう)』セウル・バトの仇(あだ)、取らせてもらう」

「ぬかせっ！」

再び距離が急速に詰まり——直後、人が出せるとは到底思えない怒号が、この死戦場を支配した。

「来たぞっ！　アダイ・ダダ！！！！！」

青龍偃月刀を手に親父殿（おやじ）が……張泰嵐（チョウタイラン）が、遂（つい）に最終防衛線を切り開き、敵本営へ単騎で突入していく。

馬を返そうとしたギセンに白玲（ハクレイ）の矢が襲い掛かる。

「させませんっ！」「おいおい、俺を忘れるなよっ！」

初めて焦（あせ）りを露（あら）わにしたギセンへ剣を振るい、後退を強（し）いる。

この局面でなお玉座に座る人物が見えた。少女と思う位に華奢（きゃしゃ）だ。

「覚悟っ！！！！！！！！！！！！！！！！！！！！！」

アダイの細首を落とすべく、親父殿の青龍偃月刀が襲い掛かり――

「ぬうっ⁉」

突如暴風が吹き荒れ、近くの巨大な軍旗が倒れ込んで来た。

横薙ぎによって斬り裂かれるも、玉座のアダイに刃は届いていないようだ。

親父殿は青龍偃月刀を回転。

馬を踏み込ませ、第二撃を放たれ――

『っ！？！！』

けたたましい金属音。

親父殿の渾身の一撃は、白馬を駆り本営に跳び込んで来た、長い紫髪で白の軍装を纏った女将の長槍によって受け止められていた。次々と新手の敵兵がアダイを囲んでいく。

ここにきて増援だと⁉

謎の敵女将は左手を動かし、

「がっ……」『張将軍っ！！！！』

血しぶきが飛び、親父殿の身体がグラリ、と揺らいだ。

傷だらけの兵達が決死の形相で突入し、そのまま馬を走らせ本営から離脱する。

――微笑む女将の左手には鈍く光る小さな金属筒が握られていた。

俺は目を見開く。

「！　火槍だと？　いや、あれは――」「隻影っ！！！！」

首筋に悪寒が走り、ほぼ同時に白玲も叫んだ。

味方の矢をものともせず、ギセンが大剣を両手持ちにし、暴風と共に俺へ振り下ろし、

「きゃっ」「白玲っ！」

【白星】で弾こうとした銀髪の少女が吹き飛ばされて、落馬する。

——身体は勝手に動いた。

俺は短剣をギセンへ投げつけ馬から飛び降り、白玲（ハクレイ）を背にして剣を構える。

「馬鹿っ！　何やってんだよっ‼」「……ほら？　守れましたよ」

「若と白玲（ハクレイ）様を御守（おまも）りせよっ！！！！！」

敵騎兵との戦闘を切り上げ、傷だらけの兵達が俺達の周りを守る。

「…………」

それを見たギセンは目を細め、無数の騎兵が集結しつつある本営へ後退していく。

……千載一遇の機を逸したかっ。

白玲（ハクレイ）に肩を貸し立ち上がらせていると、円陣内に騎兵が入って来た。

「親父殿っ！」「父上っ！」

痛みを無視して駆け寄り「「……っ」」息を呑む。

馬から降ろされた親父殿の鎧（よろい）は血に染まっていた。特に右肩の傷が酷（ひど）い。

「……気を付けよ、おそらくはあの女将……新手の『狼（おおかみ）』だ。二人して、そんな顔をするでない。なに、掠（かす）り傷よ。隻影（セキエイ）、白玲（ハクレイ）、もう一度……もう一度だっ！」

「その傷じゃ無茶ですっ！」「新しい布をっ！　早くっ‼」

青龍偃月刀を地面に突き刺し、髭（ひげ）を血で汚しながら張泰嵐（チョウタイラン）が立ち上がる。

その瞳には見ていられない悲痛さ。

「あと少し……もう少しで奴(やつ)を――……アダイを討てるのだっ！　ここで奴を討たねば、敬陽(ケイヨウ)はっ！　栄(エイ)はっ!!　……さぁ、ゆこうぞっ！」

「親父殿っ！」「父上っ！」

俺と白玲(ハクレイ)は身体を支え激しく葛藤する。

味方の士気は高い。もう一度なら突撃も敢行可能だろう。

だが……そうすれば親父殿の命はっ。

敵本営内から、まるで詠(うた)うかのような哀切混じりの慨嘆が聴こえてきた。

「嗚呼(ああ)、嗚呼！　張泰嵐(チョウタイラン)、張泰嵐(チョウタイラン)よ！　誇るがいい。お前は確かに栄(エイ)随一の名将だ!!　蘭陽(ランヨウ)で斃(たお)れし【鳳翼(ほうよく)】と【虎牙(こが)】がいれば、お前の下に後一万の兵がいれば、軍旗が倒れていなければ、【白狼(はくろう)】が間に合わなければ、私の細首をこの地で取り、勝利を得られていたかもしれぬ。だが……天は私に味方したようだ」

まさか、【白鬼(はっき)】本人か？

白玲(ハクレイ)が俺の左手を強く握り締める。

「同時に――予想通り一手、最後の一手届かなかった。やはりお前は【皇英（こうえい）】に及ばぬ」

「っ！」

口調が断定のそれに変わった。余りの冷たさに肌が粟立（あわだ）つ。

蘭陽（ランヨウ）で対峙（たいじ）した敵軍師は【王英（オウエイ）】の軍略に長（た）けていたが……俺は十重二十重（とえはたえ）に守られた、敵本営を見つめた。

玄（ゲン）帝国皇帝【白鬼】アダイ・ダダが張泰嵐（チョウタイラン）に別れを告げる。

「さらだば、さらば！　我が好敵手。栄（エイ）の名将として華々しくこの場で――……」

刹那、敵隊列の隙間から、長い白髪で華奢な鬼と視線が交錯したように思えた。

すぐに敵騎兵に隠れ見えなくなる。

――両軍、対峙したままの奇妙な沈黙。

やがて、敵陣内から角笛が吹き鳴らされた。

敵騎兵の隊列が、整然と動き始め北方へ去っていく。

「引き揚げ、だと？　奴等、何故……」「隻影……私達も今は」

呆然とする俺を白玲が促した。

それに答える前に、親父殿が俺達をどかされた。右肩に当てた布は鮮血で染まっている。

「皆、何をしておるっ！　【白鬼】を討つ好機、今をおいて他にないっ‼　今だ……今しかないのだっ‼　【栄】を、我等が故国を救う為、皆の命を儂に——う、あ……」

「父上っ！」「親父殿っ！」『張将軍っ！！！！！』

倒れこむ張泰嵐を、俺達と兵達が悲鳴を上げながら抱え込む。

目を固く閉じ、荒く息をされて地に伏す姿を見て俺達は即断。兵達に命じた。

「俺達も退くぞっ！」「戦いはまだ続きます。負傷兵を見捨てないで！」

『はっ！　張隻影様！　張白玲様！』

第四章

「ん～もう少し食料を積み込んだ方が良いかも？　隻影(セキエイ)様達は【西冬(セイトウ)】軍相手に籠城(ろうじょう)中みたいだし、白玲(ハクレイ)さんと瑠璃(ルリ)から量について文句を言われるのも癪(しゃく)……決定～！　春燕(シュンエン)、この書類を持って行ってくれる？」

栄(エイ)帝国首府『臨京(リンケイ)』。王(オウ)家御屋敷の一室。

豪奢(ごうしゃ)な椅子に座られ、『敬陽(ケイヨウ)』行きの船荷について考え込まれていた王明鈴(オウメイリン)御嬢様(おじょうさま)が、書類を異国出身だという短い黒髪の少女へ手渡されました。

大人びた顔の春燕(シュンエン)さんが立ち上がって両手で書類を受け取ります。私――御嬢様付従者の静(シズカ)が選び抜いた淡い翠(みどり)基調の服も着慣れてきたようですね。

「はい、明鈴(メイリン)御嬢様。お茶も御準備致しましょうか？」

「のみたーい」

筆を硯(すずり)に乗せ、早くも新しい書類に目を走らせている明鈴(メイリン)御嬢様が、元気よく手を挙げられました。二つ結びの栗茶髪が弾み、胸の双丘も強調されます。……くっ。

「「…………」」

私と春燕さんは密かに唇を噛み締めます。背は伸びていらっしゃらないのに、何故一部分だけが育って？

瑠璃さんのお話では『……悪い術かも』とのことでしたが。妬ましい。

私達の嫉妬に気付かれず、明鈴御嬢様は控えている短い黒髪の少年へ気安い感じで話しかけられます。

「空燕、お腹減った～！　お饅頭買ってきて！　この前、案内した男の子の出店～。雨が降って来る前に‼　御駄賃あげるから☆」

春燕さんの双子の弟さんの身体がビクリ。腰の短剣も震えました。

淡い蒼の長袖を捲って自分の幼い顔を指差し、おずおずと質問されます。

「え、えーっと……僕一人で、ですか？」

隻影様と白玲御嬢様から託された十三歳だと自称するこの姉弟には、臨京の主だった場所の案内は既に終えています。ただ……。

明鈴御嬢様が笑顔で頷かれます。

「もっちろん♪　大丈夫！　都の治安は敬陽程じゃないけど悪くないわ」

「いや、あの……」

空燕(クウエン)さんが困った顔で言い淀(よど)み、目でお姉さんや私へ助けを乞うてきました。

幾ら案内されても、臨京(リンケイ)は玄(ゲン)帝国首府『燕京(エンケイ)』に匹敵する大都市です。一人でおつかいするのは不安でしょう。

「明鈴(メイリン)御嬢様」

「あ～！　も・し・か・し・てぇ？　春燕(シュンエン)お姉ちゃんと一緒じゃなきゃ嫌だった？　フフ……可愛(かわ)い～♪」

私が助け舟を出す前に、御嬢様が気付かれてしまいました。

両肘をついて愉悦の笑み。足をぶらぶら動かされます。

小柄な少年の頬が染まっていき、

「～～～っ！　い、行ってきます！」

脱兎(だっと)の勢いで部屋を出て行きました。衝撃で火鉢の中の木炭が割れ、お姉さんは額に手をやり、天井を仰いでいます。

「あ～！　空燕(クウエン)、お財布!!」

「春燕(シュンエン)さん、これを」

明鈴(メイリン)御嬢様が慌てる中、机の引き出しから財布を取り出し、私は異国の少女へ投げ渡しました。

両手で受け取り、丁寧なお辞儀をしてくれます。

「弟がすいません！　あの……心配なので、私もついて行こうと思うのですが」

私と明鈴御嬢様は目を合わせ、ほんわかしてしまいます。

この子は、隻影様と白玲御嬢様が仰っていたようにとても優しい。

「許可～♪」「念の為、傘も忘れずに」

「ありがとうございます！」

私達の返答を受け、春燕さんは部屋を駆け出していきました。

廊下からは「空燕、お財布～！」という、遠慮のない年相応の声。仲良きことは良きことです。

急須から碗へお茶を注ぎ入れ、私は明鈴御嬢様へ差し出しました。

「空燕さんを少しからかい過ぎかと」

「そうかしら？」

年若い麒麟児様は、頬に指をつけ小首を傾げられます。

とてもとても可愛らしいのは間違いないのですが……瞳は悪戯っ子のそれ。

何となく意地悪したくなってしまい、明鈴御嬢様の柔らかい頬っぺたを指で突きます。

「ち、ちょっと～静、止めてよぉ。……だって、二人共まだまだ硬いんだも～ん。静も早く馴染んでほしいでしょう？」

懐から櫛を取り出し、やや乱れている栗茶髪を梳いていきます。

「私とは馴染んでいますので。夜の警護の際、三人でよくお喋りもしています」

「なっ⁉　ま、まさか……う、裏切ったのっ！　この私を？　し、静っ！？！！」

両手両足をジタバタされながら、明鈴御嬢様が瞳を見開かれました。

頭が揺れて梳き難いので注意します。

「動かないっ！　御二人共、臨京に戻られた後、早朝から深夜までずっと御仕事をこなされている御嬢様の姿に『戦場の隻影様と同じ畏怖と畏敬を覚えた』と」

「ウググ……ほ、本当のことだから、否定出来ない～！　でも、仕事は止められない～‼　あと、隻影様と同じ評価なのはちょっと嬉しいぃぃぃ～‼」

為されるがままにされながら、明鈴御嬢様は呻かれました。

ふと──室内が暗くなります。陽が完全に隠れてしまったようです。

少し早いですが壁の蝋燭に火を点けていると、

「ねぇ、静……敬陽の戦況について、何か新しい情報って入ってきた？」

不安そうな声が耳朶を打ちました。

私は御傍へ戻り、片膝をつき御嬢様の両手を包み込みます。……冷たい。

「残念ながら。『玄軍の一部が大河を渡河したことに伴い、張家軍の一部が迎撃の為に敬陽を離れた』との報以降は何も」

「…………そう」

顔を伏せられ、肩を震わされます。

瞳に見て取れたのは憤慨と疑問。そして――焦燥と強い不安。

「私は軍略とか分からないし、瑠璃に兵棋で一回も勝てなかったけど……最前線で戦われている総大将様に『**お前が別の敵軍をやっつけて来いっ！**』なんて命令を、都で毎日会議ばっかりしている人達が出すのは変だと思うわ。てっきり、都の軍も動くと思ってたのに動かないし……敬陽へ味方を送らなくて良いのかしら？」

「明鈴御嬢様」

私は両手を包み込み、目を合わせました。

こういう時こそ、主を励ますことが出来なくて何が従者でしょうか。

「大丈夫でございます！　白玲御嬢様も瑠璃御嬢様も並外れた才を持たれていますし、西冬軍多数と謂えども、防備もまた万全。十分持ち堪えられます」

「…………静」

御嬢様の双眸(そうぼう)から今にも大粒の涙が零(こぼ)れ落ちそうです。

私は白布で目元を拭い、断言します。

「何より！　たとえ【張護国(チョウごこく)】様が都からの命令により敬陽(ケイヨウ)を離れられたとしても、彼(か)の地には隻影(セキエイ)様がおられます。私も臨京(リンケイ)に辿(たど)り着くまでは随分と長い旅をして参りましたが、あれ程の武才を持つ殿方は数える程しか見た記憶がございません」

張(チョウ)家育みの隻影(セキエイ)様。

明鈴(メイリン)御嬢様の想(おも)い人にして水賊から命を救ってくださった大恩人です。

玄(ゲン)の誇る猛将『赤狼(せきろう)』を討ち、栄(エイ)にとって悪夢の如(ごと)き大敗北となった西冬(セイトウ)侵攻戦でも部隊を生還させ、惨憺(さんたん)たる負け戦の中で勇将『灰狼(かいろう)』すらも討ち取ってみせました。

若き栄(エイ)の英雄、張隻影(チョウセキエイ)様ならば、たとえ相手が誰であろうと！

「――……むふん」

突然、明鈴(メイリン)御嬢様が変な呟(つぶや)きを漏らされました。

先程までの不安は何処(どこ)へやら、体軀(たいく)に似合わぬ立派な胸を張られます。

「当然よっ！　だって、私の旦那様だものっ！　【天剣(てんけん)】だって抜けたしっ‼」

隻影(セキエイ)様に教えていただいた銘は【黒星(こくせい)】と【白星(はくせい)】。

二振り合わせ【双星の天剣】と謳(うた)われ、この千年来、誰にも抜けなかったという伝説の名剣を隻影様は使いこなされています。

――まるで古の英傑、皇英峰のように。

私は敬陽で見せていただいた御二人の剣舞を思い出します。

「白玲様も抜かれていましたが。とても綺麗な剣身でしたね」

「はうっ！」

明鈴御嬢様が雷に貫かれたかのように、豊かな胸を押さえられました。

そして、バタリ、と私の膝へ倒れ込まれて恨み節を零されます。

「……うぅ……静、酷い……私の味方をしてくれないの？」

「静は何時何時だって明鈴御嬢様の御味方です。……然しながら」

「……なによぉ？」

訝し気に私の年若き主様が上半身を起こされました。

今は無き故国の事例を思い出し、私は苦笑します。

「あれ程の御方なのです。私の故国でも、この国や周辺諸国家であっても、英傑には御婦人が複数名いるのでは？　何より、白玲御嬢様が身を退かれるとはとてもとても。……加えて隻影様も大変お甘いですし」

「……いじわるぅ……」

明鈴御嬢様は再び私の膝へ倒れ込まれました。

聡明な私の主様ならば、この程度の推察はなされている筈ですが……好いた殿方を独占したい複雑な乙女心、というものなのでしょう。

私はくすりとし、むくれる御嬢様の小さな頭を撫でます。

「まぁ冗談なのですが」

「ほんとに意地悪っ！」

「「――ぷっ」」

二人して笑い合います。

嗚呼……なんという幸せ！

故国を遠く離れたこの地で、今の私は笑えています。

仇敵によって落ちた城を、たった一人で抜け出した幼き私が知ったら、いったい何を想うのでしょうか。

私が郷愁に浸っていると、御嬢様が起き上がりました。

「御父様も、その点は少し心配されていたわ。『隻影殿は英傑なのかもしれないが……余り入れ込み過ぎると、王の家を出ることになりかねない。お前が出てしまえば家が絶えてしまうぞ？』って。御母様は笑っておられたけど。別に私は『張明鈴』でもいいんだけどねー。隻影様の隣に居られればっ！」

「御気持ちは理解出来ます」

私は首肯しつつ、同時に冷たいものを覚えていました。

現状で『張家』との付き合いをこれ以上深めることへの懸念。

西冬侵攻の大失敗によって、大河北方を支配する【玄】に対する張家軍の価値は上がっています。

『張護国が敗れれば、【栄】は呑み込まれる』

このような状況下で愛娘をわざわざ遠回しに引き留められた。

王仁様は、老宰相楊文祥と【護国】張泰嵐の勝つ目が大きいと考えておられない。

理由は――『衰亡の国内部での醜悪な権力闘争』。

かつて経験した故国での悲劇を思い出し、短刀の柄を握り締めます。

私を守り、敵の暗殺者が用いた恐るべき秘術によって、鎧ごと両断され、倒れる武者達の幻が掠めました。

「……異国であろうとも、追い詰められた側に起こることは大して変わらないものですね」

「？　静、何か言った～？？」

明鈴御嬢様が私の顔を覗き込んで来られました。

不吉な想いを振り切り、頭を振ります。

「――いいえ、何も。ああ、降って来てしまいましたね」

丸窓の外の地面が大粒の雨で濡(ぬ)れていきます。

春燕(シュンエン)さんと空燕(クウエン)さんは傘を持っていったでしょうか？

明鈴(メイリン)御嬢様が「ん～この雨だと、明日の出航は難しいかもぉ……」と渋い顔になられるのを眺めていると、屋敷(やしき)の外から喧騒(けんそう)が聞こえてきました。


『どけっ！　どけどけっ!!　轢(ひ)かれても知らんぞっ!!!』


殺気すら感じさせる大喝と雨の中を馬が猛然と駆ける音。

……臨京(リンケイ)内に馬を入れるのは原則禁止の筈なのですが。

少し冷えられたのか、上着を羽織られた御嬢様が腕を組まれました。

「何かあったのかしら？」

「後で御調べしておきます」

「えへへぇ。静(シズカ)、大好き～♪」

「私も大好きですよ」

胸に飛び込んで来られた主様を優しく抱き止めます。

——都に馬が入る程の出来事。

良い方に考えれば『張家軍による大河を渡河した玄軍の撃破』『敬陽に来襲した西冬軍の撃破』でしょうか？

では、悪い方は？

「決まっていますね」

御嬢様の体温を感じながら、私は結論を導き出しました。

——【玄】軍本隊の敬陽侵攻。

遊んでいる子供達を家に帰す為でしょう、表通りで大人達が叫んでいます。

「【白鬼】と『四狼』が来るぞー！」「早く逃げろ」「とっとと家に帰れっ！」

私は少しの間だけ瞑目し、敬愛する明鈴御嬢様へ微笑みかけました。

「少し冷えて参りましたね。今、温かいお茶をお淹れします。暦の上で春になったとはいえ、冬が完全に過ぎ去ったわけではありませんので」

＊

「閣下、周囲を確認致しました。問題はございません」

「うむ」

老僕の報告を受け私――栄帝国宰相、楊文祥は人の気配が一切なく、何処か薄ら寒さすら感じる、広々とした皇宮離れの裁判府を見渡した。

左右には一段高い座。中央に鎮座するのは巨大な黒石――【龍玉】と呼ばれている物だ。

大河を追われこの地に辿り着いた四代前の皇帝陛下が発見し、以来この場所に存在し続けている。当時から一貫して、裁きが言い渡される場所な為か、夜更けともなれば警護の兵ですらやって来ようともせず、奥に秘密の地下牢があることを知る者は少ない。

私は雪のように白くなった髭に触れ、油断なく剣の柄を握る老僕へ問うた。

「徐飛鷹もいい加減牢から出し、故郷へ――『南陽』へ帰してやらねば。待遇の件は交渉しているな？　間違っても、拷問などさせていないであろうな？？」

「副宰相閣下の真印付証書もいただいております。問題はないかと」

「……そうか」

数多の将兵を殺してしまった西冬侵攻戦からむざむざと生きて帰り、当初こそ反省した様子を見せていたが、今では以前と同じ調子を取り戻した林忠道の顔を思い出し、不快感が込み上げる。

奴といい、元禁軍元帥の黄北雀といい……致命的な失策を犯しながらも、侮れぬ権力を有しているのは【栄】にとって害悪だ。

陛下が入り浸られている林家出身の寵姫と合わせ、何れ除かねば……。

静かな複数の足音と、広間を照らす灯りで出来た影の中から声が聞こえてきた。

「お待たせ致しました」

私と老僕の身体に緊張が走る。

姿を現したのは、外套を羽織った副宰相林忠道の懐刀とされる小柄な男だった。

このような場所であっても顔に奇妙な狐面とは。

後方の影には事前の約束通り『双方一人ずつの護衛』なのであろう、長身の男が控えている。外套を頭から被り、顔は分からない。

じじじ、と油の燃える音が聴こえた。

顎鬚から手を外し、目を細める。

「よもや、我が愚孫を通じて、貴殿の方から接触してこようとは。しかも、会談場所に【龍玉】の前を指定とは恐れ入る。『嘘をつくつもりはない』——そういうことか。こうして直接話すはの初めてだな。……確か名は」

「田祖(デンソ)でございます、老宰相閣下」

「！」

ゆっくりと男が面を外すと、左頬には酷い火傷(やけど)の跡があった。道理で如何(いか)なる時であろうとも外さぬわけよ。

田祖(デンソ)が再び面をつけ、軽く頭を下げた。

「何分このような醜き顔。非礼ではありますが、ご勘弁を」

私は同意の意を手で示し、腕を組む。

弱々しい風が灯りの炎を揺らす。

「……田祖(デンソ)殿、互いに多忙の身だ。臨京(リンケイ)に生きる者達から、強い畏敬の念を持たれているこの場所とて、人が来ないとも限らぬ。用件を聞こう。事態は都に住まう者達が思う以上に緊迫しておる。汝(なんじ)の仕える副宰相殿が、敬陽(ケイヨウ)への増援や大河下流への派兵に悉(ことごと)く反対しているのでな」

「では、早速ですが」

田祖(デンソ)は私の皮肉に取り合おうとせず、顔を伏せた。

「閣下！　明日の廟堂(びょうどう)における張家軍(ちょうかぐん)への増援提案は通りませぬ。それどころか、大河下流への軍派遣も……。無念でありますっ」

風が広い空間内を駆け、不気味な音を立てた。

私は言葉の意味が理解出来ず、冷たく問いを返す。

「……どういう意味であろうか？　つまり、貴殿が既に我が案を潰したと？？」

副宰相林忠道は過去に幾度となく最前線への増援派遣を拒んできた。

時には陛下の寵姫である自分の義娘に働きかけてまで。

理由は……私への嫉妬心と度の過ぎた権勢欲によるものだ。

その欲望の成就の為に、目の前の男が策を出していたのではなかったか。

田祖が大きく頭を振った。

「誤解があるようですので、この機会に弁明致します。此度の敵軍侵攻に対し、私は張家軍への増派に賛成しております。『敬陽』は我が国の要石！　そこを喪うは亡国に等しいと考えておる所存。西冬侵攻はその事前防御策と信じておりました」

面を被っていても熱情は伝わってくる。

……俄かには信じ難いが。

蘭陽の会戦において忠道が総指揮を執らず、一部部隊と共に都へ帰還したのも、この男の差配によるものと真しやかに囁かれているのだ。

私の思考と裏腹に、小柄な男が肩を落とす。

「しかし……私の考えは副宰相閣下に理解されず、増援案は敢え無く却下されてしまいました。西冬侵攻前、私が閣下から信任を受けていたのは事実でありますが……今はもう」

「では、彼の姫から陛下へ、と？」

田祖は答えず、唇を歪めただけでほんの小さく頷いた。背筋に寒気が走る。

――若く美しい小娘を用いて外戚が皇帝を操る。

古今東西、数多の史書に記載されてきた逸話ではあり、常々陛下にも苦言を呈し続けてきたが……この歳になって自ら体験する羽目になろうとはっ。

西冬侵攻戦の惨敗後、陛下はめっきり政務に姿を現されなくなった。

臨京の住民達が創った狂歌――

『張泰嵐の敵は北にだって、西にだっていないよ。南の都で女遊びをしているよ』

を何処からか知られ、激しく落ち込まれていたが、よもやそこまでとは。

私は額に手をやり、呻く。

「今、張泰嵐へ増援を送らずして、いったい何を画策しているのだ？　如何に政道を壟断しようと国が滅んでしまえば――……まさか」

我が老いた頭はある事実に辿り着く。

増援は出さない。なれども亡国は避けたい。ならば。

面の奥で田祖(デンソ)の瞳が動いた。

「林忠道(リンチュウドウ)は明日の廟堂にて『【玄(ゲン)】との和約』を議題とするつもりです。そしてそれは……皇帝陛下の御意思でもあります」

「っ！」

私は息を呑(の)み、激しく動悸(どうき)する心臓を押さえつけた。

立っていられず、片膝をつくと「閣下！」老僕が駆け寄り、肩を支え丸薬と水筒を手渡して来たので、無理矢理流し込む。

荒く息をし、口元を拭い反論する。

「……一方通行の案なぞ通るわけもあるまい。戦には相手が」

「こちらを。……忠道(チュウドウ)が持っていた物を写して参りました」

田祖(デンソ)は私に最後まで言わせず、近づいて来ると紙片を手渡してきた。

目を走らせ、絶句する。

そこに書かれていたのは……和約案という名の降伏案だったからだ。

・『敬陽』を含む湖州の【玄】への割譲。
・『安岩』を含む、北西州の【西冬】への割譲。
・本和約締結後、【玄】を兄。【栄】を弟とする。
・【栄】は別途定める銀、馬、絹を毎年『燕京』へ送り届ける。
・抵抗する恐れの高い張家、徐家、宇家から人質を『燕京』へ送る。
・【玄】は上記が守られる限り、天下の統一を望まず。

私は老僕の肩を借りて立ち上がり、頭を掻きむしった。

確かに、この条件なれば玄帝国皇帝【白鬼】アダイ・ダダも呑むかもしれぬ。忠道が考えたのではなく、敵側からの要求を丸呑みしたか。

……だが、だがっ！

老身が熱くなり、憤怒が渦を巻く。

「このようなこと……どうやってその地に住まう民や三家の長達へ説明するのだ。ただでさえ、西方の宇家は我等に強い不信感を抱き、徐飛鷹を捕えられた南方の徐家の動きも不穏なのだぞ!?　しかも、アダイが再侵攻を画策すれば、全てを喪うっ！」

「はい、正しく愚かな案です。ですが、使者も黄北雀に決まっております。……閣下！　副宰相が敵方に通じている以上、陛下に御考えを改めてもらう為、非常の手段を」

激情と共に私へ詰め寄ろうとしてきた田祖を老僕が押し留める。

「……お下がり願う」

何ら相談もなく、既に使者すらも決まった、か。

つまり、故国を救うなら此処が我が身の捨て所、というわけだな。

瞑目し、吐き出す。

かっ、と目を見開き、栄帝国宰相として決断を下す。

「勘違いしないでいただきたい、田祖殿。確かにこの和約案は屈辱的だ。何れ禍根となるは必定。後世の史書において、我が名は売国奴と同義になろう。なれど――」

「私は皇帝陛下の忠実なる臣である。大御心が『和』にあるならば……是非もない」

田祖が身体をよろめかせ、影の中にいる護衛の男も唇を引き結んだ。

副宰相の懐刀だった小柄な男が狼狽する。

「そ、そのような……で、では、栄を支え続けた【三将】――張泰嵐、徐秀鳳、宇常虎の想いを踏みにじり、反対するならば三家を潰してでも、講和を希求されると⁉」

かつて、酒を酌み交わした私よりも若い三人の将達の顔が目に浮かぶ。

嗚呼！　『我等で故国を護っていこう！』と誓ったあの時から、何と遠い場所に来てしまったものか‼

だが、栄帝国宰相として……皇帝陛下と国を護る為ならば、あの三人の家と謂えども。

「……致し方あるまい。この際、屈辱的な講和という『猛毒』を呑み干した後のことを考えねばならぬ。我が国の北、西、南を守る三家の力が強くなり過ぎていたのは事実なのだ。中央が動かせる軍――禁軍の大改革と合わせ動かねばならぬ時がきたのであろう」

田祖の身体が稲光を受けたかのように硬直した。冷や汗を流し、驚愕する。

「も、もしや……以前から三家の力を削ぎ落とす機を窺っていたのですか⁉　楊文祥、貴方という御人はっ！」

私は視線を男から外した。黒い雨が降り、時折雷が走る。

天が……鳴いているのか。

「貴殿には分からぬであろう。国家の舵取りを担う宰相とはそういうものなのだ。故国と各家の栄衰――比べるべくもないっ。泰嵐と二家の長達とて、説得を重ねれば必ずや」

直後、激しい雷鳴が走った。石造りの床を蹴る振動。

体勢を戻そうとし、

「あぐっ⁉」

「！　閣下っ！！！！　おのれえええ」

私は田祖（デンソ）の護衛が持つ匕首（あいくち）に身体（からだ）を貫かれていた。急所は免（まぬが）れたか。

即座に老僕が剣を抜き放ち、交戦を開始しようとするも――

「！　は、謀（はか）った、がっ」

間合いを一気に詰めた田祖（デンソ）によって、短剣で胸を貫かれ絶命した。

手を伸ばし暗殺者の肩を摑（つか）む。

「な、なに、ものだ………」

「……宮中で戯（たわむ）れてばかりでは、自分が牢（ろう）に繋（つな）げ虐（しいた）げた者の顔すら分からぬか……」

憎しみも露（あら）わに匕首を引き、男は頭の外套（がいとう）を外した。

「！　き、貴殿、は……も、もしや、な、何故（なぜ）、そのような？」

茶髪で歳は若い。肌が焼けていて、顔には酷（ひど）い傷――拷問の痕跡が見て取れた。

暗殺者が匕首を構え直す。

「貴様に謀られ、蘭陽（ランヨウ）の地で弑（しい）された徐秀鳳（ジョシュウホウ）が一子、飛鷹（ヒヨウ）だ。……地下牢での日々は心身に堪（こた）えたぞ？　我が父と宇常虎（ウジョウコ）様だけの命では飽き足らず、徐（ジョ）家と宇（ウ）家、張泰嵐（チョウタイラン）様と張家をも潰すつもりであったとは……全て田祖殿の仰られている通りであったたっ！

……よくも、よくもっ、よくもっっ！！！！」

しまったっ！　完全に謀られていたかっ⁉

よもや、徐家の長子に私を――

「ま、待て！　誤解、がはっ」

「西冬の地で、敬陽で斃れていった者達に――せめてあの世で詫びよっ！！！！！」

匕首が再び私を貫き、耐えられぬ程の激痛。

最後の力で手を伸ばし、かつて、赤子だった頃そうしたように飛鷹の頬へ触れる。

「………………え、えい、を…………」

暗殺者は身体を引き、私の身体は人形の如く冷たい床に伏した。

視界は濁り、暗くなり、血が流れていく。

「……奸臣めがっ」

飛鷹の憎しみに満ちた蔑みと足音の衝撃が伝わる。

「飛鷹殿、貴殿は今晩中に急ぎ臨京を脱出、『南陽』へと戻り、徐家を守られますよう！

後のことは全て私が。悪いようには致しませぬ」

「何から何まで忝いっ。この恩、終生忘れませぬっ。……では！」

飛鷹の足音が遠ざかっていく。

嗚呼、嗚呼、なんということぞ……。秀鳳にあの世でなんと詫びれば良いのだ。

最早指の一本も動かせぬ。よもや、田祖の名の通り『鼠』にしてやられるとは。

――複数名の足音。

「終わったようだな。良い演技だった」

このような場所で少女が？

田祖が恭しく片膝をついたようだ。

「……お恥ずかしい限り。老宰相を確実に排除し、偽りの講和後に【栄】を南部より乱させる為とはいえ、少々追い込み過ぎたかもしれませぬ」

私を除くだけでなく、徐家の叛乱を画策して――子供の如き嗤い声。

死に行く身であるのに、強い恐怖が込み上げる。

「自分を助ける者と、自分を破滅へと追いやる者の区別も出来ぬ愚かで憐れで、幼き童だ。【鳳翼】は草葉の陰で嘆いていよう。いや、奴に見つかり、【黒刃】の追撃を受けたのが運の尽きであったか」

少女がそう言い捨て、足音が離れて行く。

「【白鬼(はっき)】へ急ぎ報(しら)せよ――『計画通り【栄(エイ)】は割れた』と」

――そうか……そうで、あったか。全て、あの【白鬼】の手の内であったか。

嗚呼、嗚呼――我、誤れり。大いに誤れり。

すまぬ、秀鳳(シュウホウ)……。すまぬ常虎(ジョウコ)……。

すまぬっ、泰嵐(タイラン)っ…………！

光は喪(うしな)われ、漆黒の闇が私を包み込んでいく。

『仮初の栄華を楽しんでいる人間とは話が合わない』

――臨京(リンケイ)の地下牢でした愉快な会話が思い出される。

ククク……確かに……仮初であった、な…………。

張隻影(チョウセキエイ)！　張隻影(チョウセキエイ)よっ‼

どうか、どうかっ……この国を……【栄(エイ)】を…………。

それを最後に私、楊文祥(ヨウブンショウ)の意識は完全に断ち切られ、闇へと沈んでいった。

＊

「すまぬが……もう一度…………もう一度、言ってくれぬか？　書状にも書かれてはいるが、間違えては大事だからの。……老宰相閣下は儂(わし)に何と？？」

敬陽(ケイヨウ)、張(チョウ)家屋敷の一室。

身内である俺や白玲(ハクレイ)、肝の据わっている瑠璃(ルリ)や女官服姿のオトですら震える程に冷たい張泰嵐(チョウタイラン)の問いかけを受け、臨京(リンケイ)からの使者だという若い禁軍(きんぐん)士官は顔面を蒼白(そうはく)にさせた。

右肩に受けた傷は癒えておらず動かせないが、名将の威厳は健在だ。

「へ、陛下は、げ、【玄(ゲン)】との講和を決定されました。よって『**張家軍(ちょうかぐん)は以後の戦闘を控え、張泰嵐(チョウタイラン)は急ぎ宮中へ参内すべし**』とのことでございます」

俺と白玲(ハクレイ)は目を合わせ、瑠璃(ルリ)は駒を弄(いじ)り、オトは沈黙している。

――敬陽(ケイヨウ)北方での決戦から五日。

玄(ゲン)軍は『白鳳城(はくほうじょう)』へ、西冬(セイトウ)軍は旧『白銀城(はくぎんじょう)』へと退き、不気味に沈黙を続けている。

相応に損害も与えていたし、その補充を行っていると思ってたんだが……どうやら、事はそう単純じゃなかったらしい。

親父(おやじ)殿は白い物が一気に増えた顎鬚(あごひげ)を左手で触られる。

「使者の任、御苦労！　先んじて臨京(リンケイ)へ戻り『了解致しました』とお伝え願う」

「は、はっ！　し、失礼致しますっ‼」

若い使者が逃げるように部屋を去り、俺達だけが残された。

親父殿は背を向け、窓の外を眺められている。

――空気ははっきりと重い。

こんなことなら、庭破も無理矢理連れて来るんだったか。

俺の隣の銀髪少女が執務机に両手をつけた。

「父上！　このようなことを認めて」「白玲」

肩を叩き、首を振る。

張泰嵐は比類なき救国の名将と謳えど……人なのだ。衝撃を受けるのは当然。

「…………」

幼馴染の少女も分かっていたようで、整った顔を歪めて俺の背中に回り込み、頭を押し当てた。

俺は椅子に腰かけ、青帽子を指で回している金髪翠眼の少女へ話を振る。

「瑠璃、どう思う？」

「……奇妙ね」

椅子から降り、幼い容姿の軍師が部屋の中を歩き回り始めた。

釣られて黒猫のユイも後をついていく。

「栄帝国の老宰相、楊文祥と言えば、他国にもその名声は届いていると聞くわ。そして、いざという時は自ら船に乗り込み、【張護国】と膝詰めの会談に臨む人物でもある」

瑠璃が足を止めた。

足下の黒猫を抱き上げ、撫でながら自らの考えを俺達に教えてくれる。

「臨京の総意として講和交渉を進めるにしても、【鳳翼】徐秀鳳、【虎牙】宇常虎が亡き今、この国を最前線で守っている名将へ何の説明もなくいきなり『**交戦するな**』『**臨京に来い**』？　使者に遣わしたのは将ですらない禁軍の下級士官？　真印付の書面があったとしても……変よ。絶対に変！　これじゃ、まるで張家軍を挑発して、叛乱を起こさせようと――あ、ご、ごめんなさい！　そ、そういうつもりじゃなくて……」

「分かってるって」

俺は頭が切れすぎる軍師殿の手から青帽子を取って頭に被せ、オトへ後を託した。

白玲に目配せし、背中を向けたままの親父殿へ話しかける。

「親父殿、俺も瑠璃と同意見です。講和交渉自体が水面下で動いていそうなのは、玄軍と西冬軍の動きで間違いなさそうですが……嫌な予感がします」

「父上、ここはやはり、都の様子について情勢を伯母上にお尋ねになってから、今後の行動を決められた方がよろしいのではないでしょうか」

「…………うむ」

明鈴（メイリン）の名を出さないのは情勢が大きく変わったからだ。

張（チョウ）家を蔑（ないがし）ろにしているとしか思えない軽い使者。いきなりの和平交渉開始。

今後、『王（オウ）家』を頼れば、面倒事に巻き込みかねない。

まぁ、あの麒麟児（きりんじ）は説明したとて受け入れてくれはしないかもしれんが。

突然——親父殿が手を叩かれた。

「良しっ！　儂は決めたぞ‼」

振り向かれ、戦場にいる時のように厳（いか）めしい顔で下知を下される。

「すぐにでも臨京（リンケイ）へと赴き、老宰相閣下へ存念を直接お聞きする！　外輪船ならば二日で着く。お前達は敬陽（ケイヨウ）に残り、儂の帰りを待てっ！」

「親父殿っ！」「父上っ！」「…………」「張（チョウ）将軍……」

俺と白玲（ハクレイ）は慌てて詰め寄り、白猫を抱きしめている瑠璃（ルリ）は無表情になり、そんな金髪少女をオトが後ろから抱きかかえる。

親父殿が左手を大きく振られた。

「隻影（セキエイ）、白玲（ハクレイ）、そう怒るでない。どっちみち陛下が『**講和にしかず**』と仰られているならば、是非もないではないか。老宰相閣下もおそらくはそうであろう」

「「…………」」

俺自身は臨京（リンケイ）の皇帝に対し殆（ほとん）ど忠誠心はないものの、親父殿は栄（エイ）の大忠臣。

皇帝に逆らうなぞとは、生まれてこのかた考えたこともない筈（はず）だ。

親父殿が目元を手で覆われた。

「……すまぬが……少しの間、儂を独りにしてくれぬか……？」

『…………』

俺達は連れ立って部屋から出る。

――直後。

「オオ！！！！！！！！！！！！！！！！！！！！！！！！！！！！！！！！！！！」

『！？！！』

獣の如き大咆哮と物を壊す破壊音が屋敷全体に轟いた。黒猫が怯え、瑠璃の手から逃げていく。

如何なる戦場でも弱音を吐かれなかった親父殿が、【張護国】が慟哭しているのだ。

見れば、廊下に集まっていた家人達も涙を流し、兵達は地面に手を叩きつけている。

「御父様……隻影、御父様が……」

「……ああ」

白玲もまた俺の胸の中に飛び込み、涙を流す。

大河以北の奪還――『北伐』は張家にとって悲願だった。

だが、講和となればその機はもう二度と巡ってこないかもしれない。

最前線で戦って、戦って、戦って……戦い続けた果てがこれかよっ。

物悲しい気持ちに浸っていると、白玲が俺から離れた。

袖で目元を拭い、背を向ける。

「……顔を洗ってきます」

廊下の先に朝霞の姿が見えたので、優しい張家の跡取り娘を託す。

歩いて行く銀髪の少女の背を見守りながら、俺は名を呼んだ。

「瑠璃」

「聞かれても分からないわよ。情報が少な過ぎる。……不自然な程にね」

仙娘は自分の手から白い花を生み出し、黒猫と遊びながら素っ気なく答えてきた。

西冬軍十万と対峙し、結局一度たりとも敬陽の城壁を拝ませなかった軍師に向き直る。

「なら、講和条件だ。『敬陽』割譲と？」

「大運河以北及び『安岩』方面の一州。それと、銀やら絹やらの貢ぎ物を毎年。勿論、天文学的な数字の。後は儀礼上の嫌がらせ……後は」

「隻影様の『燕京』行き、かと」

短い黒髪の少女が会話に加わって来た。

俺は頬を掻き、苦笑する。

「いや……オト、それはないだろ。俺に人質の価値なんて」

「戻りました」

「ひやっ！」

いきなり、首筋に冷たい布を押し当てられ俺は字義通り跳び上がった。

急いで帰って来たらしい白玲を睨みつけるもお澄まし顔だ。お、おのれ……。

「皆さんで楽しそうに何の話をしていたんですか？　あと、相談なしで人質になったりしたら怒ります」

「き、聞こえてるじゃねーか。ないって」

「怒ります」

ずいっと綺麗な顔を寄せ、少女は俺の顔を布で拭った。周囲の家人達から失笑が漏れる。

花を出すのを止めた瑠璃が話を戻す。

「冗談抜きに考えると、三家や栄の有力一族から人質を取ろうとするのは、ない話じゃないでしょうね。……揉めるのは目に見えているけど」

「だろうな」「飛鷹さんも未だ牢に入れられているのでしょうか……」

「…………」

俺と白玲は憂い顔になる中、冷静沈着な火槍隊の実質的隊長が黙り込んだ。珍しく考え込んでいるように見える。

「オト、どうした？　体調が悪いなら休んどけ」

「え？　あ……いえ、大丈夫、です」「…………」

元宇家軍の少女はハッとし、黒髪を指で弄り恥ずかしそうに俯いた。白玲のジト目は無視する。俺は何も間違っちゃいないっ！

瑠璃(ルリ)が左手を腰につけ、オトに気を使っているのか、わざとらしく絡(から)んできた。

「ちょっと〜？　幾ら私の副官が可愛(かわい)いからって、白昼堂々ちょっかいをかけるの止めてよねー。後で白玲(ハクレイ)の拗(す)ね混じりの愚痴を聞く羽目になるこっちの身にも——むぐっ」

「る、瑠璃(ルリ)さんっ!?　……違いますからね！　隻影(セキエイ)。誤解しないでください」

「お、おう」

白玲(ハクレイ)は右手で瑠璃(ルリ)の口元を押さえつけ、左手の人差し指を俺へ突き付けて来た。

余りの勢いに押されていると、

「——ふふふ」

オトが年齢相応の笑みを零(こぼ)した。

そして、俺達に対し頭を下げてくる。

「やはり、少しだけ体調が悪いようなので横になってきます。隻影(セキエイ)様、お気にかけてくださってありがとうございました」

「おー。ゆっくり休め！」

「はい」

軽やかに黒髪少女が廊下を歩いて行くと、数名の女性兵士が集まり話しかけた。明らかに使い込まれた軽鎧(けいがい)を身に着けている。

白玲がポツリ。

「元宇家軍ですからね」「だなー」「やっぱり、西域へ帰るのかしら……？」

張家に対しこんな使者が来ているってことは、徐家と宇家にも来ているだろう。

オトからすれば主家がどうなるか、気にならないわけがない。

——まぁ、俺と白玲にとっては別だが。

「「じー」」

「な、何よ、二人して変な目をしてっ！」

まず、俺が瑠璃の青帽子に手を置き、

「寂しいなら、寂しいって言えばいいものを。これだから、うちの軍師殿は」

白玲が金髪翠眼の少女を後ろから抱きしめる。

「瑠璃さん、私は一緒ですよ？　今晩は一緒に寝ましょう」

見る見る内に仙娘の頬が紅く染まっていき、暴れ始めた。

「〜〜〜っ！　こ、こらぁっ！　ぼ、帽子を叩くなぁっ！　あ、頭を抱きしめるなぁっ‼

お、怒るわよ⁉　本気なんだからねっ！」

「「はいはい」」

「くっ！　こ、この、張家の馬鹿兄妹ぃぃぃぃぃぃ！！！！」

足下で黒猫が呆れたように鳴いた。

その翌日、親父殿は敬陽を独り発たれた。

最後の最後まで同行は認めてくれず、その態度は何時になく頑なだった。

――そこより更に七日。

臨京から、明鈴付従者の静さん自らが届けてくれたのは天と地がひっくり返る程の凶報だった。

『張泰嵐、叛乱容疑で投獄。死罪判決を受けた模様』

あの忠誠無比な親父殿が叛乱？　しかも、死罪？？

……どうやら、都では前代未聞な出来事が発生しているらしかった。

＊

「ふっふっふっ……良くぞ、来てくださいましたっ！　この王明鈴、一日千秋の想いでお待ちを――ぷふっ」

「……声が大きい。あと……お前、御両親から俺達への接触を禁じられているんだろ？　静(シズカ)さんを送ってくれただけでも危ない橋なんだ。少しは自重しろっ！」

明鈴(メイリン)の手配した外輪船から船着き場に降り立った俺は、待ち構えていた年上少女の口を手で押さえ、辺りの様子を窺(うかが)った。

此処(ここ)は臨京(リンケイ)郊外、今は使われていない廃漁村。

見たところ人気(ひとけ)は全くないようだが……油断は出来ない。

俺達は今や謀反人の関係者なのだ。

後方の白玲(ハクレイ)と黒猫を左肩に乗せた瑠璃(ルリ)。案内役を務めてくれた静(シズカ)さんに『絶対について参ります！』と退(ひ)かなかった朝霞(アサカ)と一部の女官達。オトを先頭に二百数十名の兵士達も後に続いて下船してくる。

……敬陽(ケイヨウ)に残った庭破(テイハ)をはじめとする連中には恨まれそうだ。

明鈴(メイリン)が手を叩いてきたので外すと、もじもじしている。

「ぷはぁ。せ、隻影(セキエイ)様……私を心配してくださるのですか？」

「そりゃするだろ。本当は関わらせたくないんだが……親父殿の指示で伯母上達が臨京(リンケイ)を脱出された今、お前に頼るしかないんだ。すまん」

「私にしか頼れない……そうですか。そうですか。そうですかぁ！　えへへ～♪」

「うおっ」

年上少女は両頬に手を添えたかと思うと、いきなり抱き着いてきた。橙色(だいだいいろ)の帽子が宙を舞い、落ちかけたのでどうにか摑(つか)む。

木製の船着き場が軋(きし)み、白玲(ハクレイ)の冷たい視線も突き刺さる。いや、どうしろと。

俺は『ついていけないのなら、この場で自害致しますっ！』とまで、言い切りやがった古参兵達へ手で指示を出し、胸に頭を擦(こす)りつけている少女へ願う。

「取りあえず、だ。端的に情勢の説明を頼む」

「あ、そうですね」

目で『帽子を被(かぶ)せてくださいっ！』と訴えてきたので、被せてやると嬉(うれ)しそうに目元を緩ませ——数歩離れて振り返った。白玲(ハクレイ)が俺の隣へやって来る。

麒麟児(きりんじ)の双眸(そうぼう)は冷たい知の光を放った。

「状況は考え得る限りにおいて、最悪の最悪です」

遠雷が轟(とどろ)き、水面(みなも)を震わせた。鳥と魚達が逃げて行く。

朝霞(アサカ)と静(シズカ)さんが何事かを話し合っている。叔母上達の行方についてだろう。

明鈴(メイリン)が俺達を見渡す。

「今から二十日前の未明——老宰相楊文祥(ヨウブンショウ)様が暗殺されました。犯人は地下牢を脱獄した徐(ジョ)家の長子、飛鷹(ヒヨウ)と思われます」

「「「…………」」」

俺、白玲(ハクレイ)、瑠璃(ルリ)は黙り込む。あの飛鷹(ヒヨウ)がまさか。

老宰相の差配で地下牢に繋(つな)がれても酷(ひど)い目に遭ってはいない、と思っていたんだが。

明鈴(メイリン)が俺へ最接近し、懐(ふところ)から書状を取り出した。

「その翌日、廟堂(びょうどう)内で行われた御前会議において、【玄(ゲン)】との講和が即日決定され、副宰相林忠道(リンチュウドウ)が宰相代理となり、講和案を纏(まと)めることとなりました。内容はこちらです」

「「「…………」」」

受け取り、中身を覗(のぞ)き込む。

……ほぼ、俺と瑠璃(ルリ)が予測した通り、か。

唯一違うのは**『張泰嵐(チョウタイラン)の処刑』**。

あのアダイが、決戦で勝てなかったから、とそんなことを望むとは思えないが、確かにそう書いてある。

年上少女が瑠璃の後ろに回り込み、抱き着いた。黒猫は迷惑そうに降り立つ。

「同時に——臨京内の張家、徐家、宇家屋敷へ副宰相側から兵が送り込まれ、包囲されました。三家とももぬけの殻だったようですが」

「で……鮮やかに忠道が権力を掌握し終えた直後、張将軍が宮中に参内した。結果、弁明の場すら与えられずに拘束。挙句、叛乱容疑をでっち上げられ、死刑宣告が下された」

「はい。しかも、処刑日は明日の日の出です」

抵抗しないまま金髪の仙娘は会話に加わり、心底困惑した顔を俺へ向けてきた。

気持ちは分かる。この後の言葉も。

「どうするの？　相手は概ね正気を喪っているみたいだけど？？」

「……決まってる。助けに行くさ」

俺は黒髪を掻き上げ、両手を掲げた。

「張泰嵐が叛乱？　天地がひっくり返ってもねーよ。そんなことが起きたら、とっくの昔にこの国はなくなってる！　……が、同時に」

【黒星】の柄に手を乗せ、少女達へ頭を下げる。

「すまん、明鈴、瑠璃。張家は思った以上に泥船だった。俺と白玲は最後まで付き合わないとだが、お前達は沈む前に――」

「隻影(セキエイ)様、隻影(セキエイ)様！　『張明鈴(チョウメイリン)』ってしっくりくると思いませんかぁ～♪」

「退路の確保が必須になるでしょう？　――もう忘れたの？　私は貴方(あなた)達の軍師なんだけど？」

明鈴(メイリン)が戯言(たわごと)を訴え、瑠璃(ルリ)はない胸を張り『見捨てるつもりなんて毛頭ない』と宣言する。

「……お前等……」

不覚にも視界が滲(にじ)む。

慌てて袖で拭うも、年上の麒麟児と仙娘は見逃さず、からかってきた。

「あ～隻影(セキエイ)様、泣いているんですかぁ？　うふふ～♪　これは勝ちですねっ！」

「泣き虫な総大将様ね。みんなの覚悟は固まってるわよ。白玲(ハクレイ)にも申告したわ」

「なっ⁉　は、白玲(ハクレイ)さん？」「聞いておいた方が良いと思ったので」

隣で【白星(はくせい)】の柄に手を置いた銀髪蒼眼(そうがん)の少女までもが淡々と補足してくる。

俺は憮然(ぶぜん)とし、肩を竦(すく)めた。

「はぁ……オト」

「私達は西冬(セイトウ)の地で貴方方(がた)に命を救われました。その恩義！　必ず御返(おかえ)し致します。亡(な)き父の教えなので。皆も同意しています」

元宇家軍の兵達も火槍を掲げ呼応する。仕方ねぇ奴等だ。

「分かった。……だけど死ぬな。朝霞達と一緒に瑠璃を頼む」

『はっ！』

見事な敬礼を見せ、兵達は活き活きとした様子で警戒に散って行く。火槍を持っていれば何かあった時、音ですぐ分かる。

気を取り直し、橙帽子の少女に質問する。

「明鈴、お前のことだ。親父殿が囚われている地下牢の場所も――」

「フッフッフッ……この張明鈴に抜かりはございませんっ！　静や春燕、空燕にも手伝ってもらいました。こんなこともあろーかとっ！　じゃんっ」

差し出された古めかしい巻き物を受け取り、開くとそこには皇宮地下の詳細な通路が描かれていた。……出所を聞くのは止めた方が良さそうだ。

瑠璃が見易いように高さを下げる。

「地下から西の丘に抜けられるみたいね。合流場所はそこにしましょう」

「了解」

巻き物を軍師に手渡し、告げる。

「突入するのは俺だけ」「隻影と私で行きます。皆は瑠璃さんの指揮に従ってください」

『はっ！　張白玲（チョウハクレイ）様っ‼』

兵達が整然と返礼した。白玲（ハクレイ）は勿論（もちろん）、うちの軍師様への信頼も西冬（セイトウ）軍十万をほぼ封殺してみせたことで、絶大なものとなっている。

俺は幼馴染（おさななじみ）の少女へジト目。

「……おい」「寝言は聞きません」

二の句もつげない。

こういう時、俺の味方になってくれる明鈴（メイリン）も「まぁ……仕方ないですね～」。くっ。

すると、朝霞（アサカ）との話を終えた黒白基調の服に外套（がいとう）を羽織った、黒髪の長身女性が歩いて来た。腰に提げているのは朱塗りの鞘（さや）が美しい大小の異国の刀だ。

「隻影（セキエイ）様、私も御供（おとも）致します」

「静（シズカ）さん、御気持ちは有難（ありがた）いんですが、今回ばかりは——」

閃光（せんこう）が走り、俺の前に落ちてきた葉が両断された。

まるで、仙術かの如（ごと）く刀が鞘へ納まり、涼やかな音色を奏（かな）でる。

——神速の斬撃。

前世でも、今世でも見たことのない一撃だ。

黒真珠のような瞳に絶対的な強者の風格を漂わせ、静（シズカ）さんが微笑（ほほえ）む。

「足手纏い(あしでまと)にはならないかと。皇宮及び、地下通路の案内役も必要と考えます」

俺は白玲(ハクレイ)と目を合わせ、

「……有難く」「有難う(ありがと)ございます」

練達の女性剣士に深々と頭を下げた。

「お気になさらず。明鈴(メイリン)御嬢様(おじょうさま)のお言いつけなので」

「あーあー！　し、静(シズカ)っ！　それは言っちゃ駄目っ‼」

こんな時でも変わらない快活な年上少女が食って掛かるのを見て、俺達は笑みを零(こぼ)す。

拳を突き出し、みんなと合わせる。

「良し、時間もない。親父(おやじ)殿を――張泰嵐(チョウタイラン)を救いに行くぞっ！」

＊

闇に紛れ、俺達三人は皇宮を進んでいく。

明らかにうちの屋敷よりも警備が笊(ざる)で、警護兵達の大半は酒まで飲んでいる。

時折『講和だ！』『【白鬼(はっき)】に俺の剣の冴(さ)えを――』等という叫びも。

……最前線とは偉い違いだな、おい。

道理で以前、白玲があっさりと侵入出来たわけだ。

先頭を進む静さんに案内されること暫し——俺達は親父殿が囚われている地下牢へと続く、裁判府にまで辿り着いた。手で指示を受け、走るのを止め歩き出す。

人の気配は一切感じられず、空気が重く冷たい。

壁や柱の灯りにぼんやりと照らされ、中央には漆黒の巨岩が鎮座し、左右には判官達の座がおかれている。

「……やけに静かですね」

「【龍玉】があるからでございましょう。都に住む者ならば、誰しもこの岩に畏敬の念を持っております。……毎日、罪人が裁かれているのも大きいと思いますが」

容姿が目立ってしまう為、外套を頭から被っている白玲が小さく呟くと、静さんが淡々と応じた。

俺は二人のやり取りを聞きながら立ち止まって巨岩を仰ぐ。

前世の最期で俺はこれと似たような岩を斬った。

「ふ～ん……『老桃』の巨岩みたいだな」

「？　貴方、行ったことないでしょう？」

聞き咎め、白玲が小首を傾げた。まずい。

歩みを再開し、さも当然のように答える。

「――書物で読んだ」

「……本当ですか？　まさか、臨京に一人で行っていた際、私に黙って」

「し、信じろ――右へ跳べっ！」「っ!?」

俺と白玲は左右に跳び、近くの柱に身を潜めた。

さっきまでいた床には、鋭い短剣が刺さっている。

静さんも巨岩の陰に隠れたようだ。

「ほぉ……救援が間に合うとは。空振りになるかと思ったが」

闇の中からゆっくりと姿を現したのは、ボロボロな外套を羽織り、狐面を被った小柄な人物だった。

腰には四振りの刀。異様だ。

声だけでは女なのか男なのかが分からず、髪色も不明。

続けて、狐面を被った外套姿の男達も周囲に散っていく。

【黒星】の柄に手をかけ、小柄な狐面を睨みつける。

「……お前、何者だ？　ああ、俺は」

「張隻影。そちらの銀髪蒼眼が張白玲であろう？　名乗る必要も特段ないが、仮にも【双星の天剣】を扱いし者へ名乗らぬは非礼に当たる。――玄皇帝【白鬼】の協力者『千狐』たる蓮だ。御望みの張泰嵐が繋がれている地下牢はこの先にあるが……行かせるわけにはいかぬ。お前達の存在、天下の統一の為には邪魔だ。ここらで死んでおけっ！」

『千狐』の蓮と名乗った人物が叫ぶと、狐面の男達が片刃の短剣を抜き放ち、三々五々突撃してきた。

俺と白玲は剣を抜いて、先頭の男の一撃を防ぐ。

悲鳴じみた金属音。

床に気持ち悪いドロッとした液体が零れ落ち、臭気を発した。

「剣身に毒！」「妙に硬いです！」

反撃しながら、白玲と情報を交換しあう。

襲撃者の数は七……いや八名。

対して此方は俺と白玲。

そして――

「がっ！」

短剣が天井に突き刺さる。

綺麗な円弧の残像を残し、静さんが男を狐面ごと両断した。

舞踏の如き動作で刀の血を振って、払う。


『っ！』「……ほぉ」

男達の中に動揺が広がり、蓮は感嘆の声を漏らす。

異国の刀を抜き放った黒髪長身の美女が、俺達へ勧告する。

「雑魚は私が。御二人は前に。妖も『頭』を落とせば殺せましょう」

「「はいっ‼」」

静さんが狐面の男達へ短剣を投擲し、低い姿勢のままで突撃していく。

その横を抜け、俺と白玲は無手の蓮と、【龍玉】の前で相対する。

不気味だが、それだけ自らの技量に自信を持っている、か。

後方からは激しく切り結ぶ音と悲鳴。静さんはとんでもない剣士様だ。

油断なく【黒星】を構え、ふと問う。

「一つ聞いておきたいんだが……徐飛鷹を貶めたのはお前達の仕業か？」

蓮の小さな肩がピクリ、と動いた。

心底不愉快そうに唸る。

「……心外だ。私はアダイのように、人を辞めてなどいないっ！」

「│！」

静さんに似通う、地面スレスレの突進。

狙いはまず俺のようだが刀は抜かれていない。

どういう技──悪寒を感じつつ後方へ跳びながら、【黒星】で咄嗟に斬撃を受け、弾く。

鞘からの抜き打ちっ⁉

後退し、流麗な動作で異国の刀を納め、蓮が嘲笑う。

「ほぉ──今のを受けるか。面白いっ！」

再び地面スレスレの突進。

今度の狙いは白玲かっ！

「同じ技なんてっ」

銀髪を靡かせ、幼馴染の少女は【白星】を振るおうとし──

「白玲っ！！！！」「⁉」

俺は叫ぶと同時に、少女を地面へ押し倒した。

上空を必殺の斬撃が通り抜け、燭台を切断し、床に油と炎をぶちまける。

さっきよりも明らかに射程が長いっ！　しかも、刀を操る手まで逆だとっ⁉

「間合いは見切っていたのに……どうして？」

「知るかっ！　走れっ‼」

白玲を促し、振り向きざまに短剣を投げるも、簡単に躱された。

跳ぶように立ち上がると、蓮は右へ左へ位置を変え、次々と俺達へ斬撃を放つ。

必死に受け弾き返すと、今度は壁や柱、【龍玉】を蹴りながら、襲い掛かってくる。

人の業とは思えない。まるで仙術。

「身が軽すぎるだろうがっ⁉　一閃ごとに間合いも利き手も全部異なりやがるっ‼」

「しかも、恐ろしく速いです！」

右手に強い痺れを覚えながら、蓮を大きく空中に弾き飛ばし、俺は歯軋りする。

幾ら緩い警備とはいえ、こうも剣戟の音が響いていれば兵達もやって来てしまう。

時間がないっ！

この間、三人目の狐面を斬り伏せた静さんが苦戦する俺達へ助言を叫んだ。

「あれは私の故国で稀に見かけた、『居合』と呼ばれる技です！　原形は留めていないようですが……速度で勝つのは至難かとっ‼」

「……速度では」「……勝てない」

俺達は自分達が持つ漆黒と純白の剣を見やり、

「白玲（ハクレイ）、いくぞっ！」「隻影（セキエイ）、いきますよっ！」

全力で巨岩の陰に駆けこんだ。

これしかないっ！

裏側から狐面の嘲笑が聴こえてくる。

「【龍玉】を遮蔽物にする気か？　馬鹿めっ！　多少寿命が延びるだけだっ‼」

俺は白玲（ハクレイ）と無言で頷（うなず）き合い、【天剣】を両手持ちにし、

「「はああああああああああ！！！！！！！！」」

目の前の巨岩に全力で斬撃を叩（たた）きつけた。

「えっ⁉」

やけに幼い声が聞こえた。

その直後――轟音（ごうおん）と共に【龍玉】が綺麗に切断されて滑り落ちる。

皇宮全体が衝撃で激しく震え、幾つもの燭台も衝撃で転がり、炎を拡大していく。

その中に唖然とした様子で佇んでいたのは、外套を斬り裂かれた蓮。

腰には長さの異なる左右二振りずつの刀が提げられている。奇怪な技のネタはあれか。

やけに乾いた音と共に狐面が地面へと落下し、砕け散った。

次いで、髪紐が切れたのか長く美しい髪が炎の中で広がっていく。

俺と白玲は同時に目を見開く。


「……銀髪、蒼眼の女の子……？」


右目が銀髪で隠れている少女は顔を手で覆った。

そして、その隙間から憎悪の視線を俺達へ向けてくる。


「──……見たな？　私の顔を、私の髪を、私の瞳を……──」


「…………っ」

肌が粟立ち、俺達は言葉を発することが出来ない。

奇妙な硬直状態の中、建物の外から多数の声と足音が聞こえてきた。警備兵達かっ！

顔を覆った少女の周囲に狐面達が集まっていき、土煙の中に消える。

「……運が良いな、張隻影、張白玲。お前達は何れ必ず私が殺す。だが、今宵ではないようだ。張泰嵐の今の姿を見て、絶望するがいいっ！　精々【白鬼】に殺されぬよう、大陸中を逃げまわれっ！」

そう叫ぶや、蓮と狐面達の気配が消えた。死体も残っていない。

……天下統一を助ける『千狐』か。

一対多だったにも拘わらず、傷一つ負っていない静さんが刀の血を払って、鞘へ納め、鋭く俺達へ注意喚起した。炎が更に広がっていく。

「隻影様、白玲様、兵が来ます。お急ぎを！」

*

【龍玉】があった裁判府を抜け、秘密の地下牢へと続く階段を白玲と共に駆け降りる。

後ろは静さんが守ってくれているので非常に頼もしいが、兵達の声も近づいている。急がねぇと。

あっという間に最深部へ降り立ち——俺はかつて散々嗅いだ臭いを感じた。

死と鉄と血。

石壁に幾つかの灯(あか)りがあるものの、光は足りず薄暗い。

親父(おやじ)殿のいる地下牢は最奥(さいおう)のようだ。脱出路は……左の通路か。

鎖の擦(こす)れる音と掠(かす)れた声。

「——……隻影(セキエイ)と白玲(ハクレイ)、か？」

！　親父殿だ。

しかし……静(シズカ)さんが俺を見た。黒い瞳には悲痛さ。

白玲(ハクレイ)がいてもたってもいられない様子で駆け出そうとしたのを、手で強引に制す。

「父上！　——隻影(セキエイ)？」「……白玲(ハクレイ)、お前は此処(ここ)にいろ」

おそらく、親父殿もそれを望まれる筈(はず)だ。

戦場を知ったとはいえ、人の醜悪さを知らない銀髪の少女がいきり立つ。

「なっ⁉　どうしてですかっ！」「何でもだっ！」

「せ、隻影(セキエイ)？」

強く言い切ると、驚き身体(からだ)を硬直させた。双眸(そうぼう)には涙が滲(にじ)んでいる。

俺は白玲(ハクレイ)に布を手渡し、黒髪の長身女性へ軽く頭を下げた。

「……静(シズカ)さん」

「お任せください。ですが、時間は余り」

「有難(ありがと)うございます」「え？　せ、隻影(セキエイ)……？」

布を握り締めながら、おどおどしている白玲(ハクレイ)からの問いかけを意図的に無視し、前へ。

ますます血の臭いがきつく、濃くなっていく。

脇の牢には、砕けた骨の欠片(かけら)や木乃伊(ミイラ)が転がっていた。

俺は最奥の部屋へ辿(たど)り着き、鎖に繋(つな)がれた男性に話しかける。

「親父殿」

烈(はげ)しく拷問を受けたらしい、上半身裸で血塗(ちまみ)れの【護国(ごこく)】張泰嵐(チョウタイラン)が顔を上げた。鎖に拘束されている四肢の傷が暗闇の中で分かる程酷(ひど)く、特に右肩のそれは惨(むご)たらしい。

「……きて……しまったか。どうやら、儂(わし)はお前達の……育て方を誤ったようだ。愚かな父など、見捨てて良かったというに…………白玲(ハクレイ)は留めおいてくれたのだな？　流石(さすが)に、みせられるすがた、では……ない」

「……はい」

必死に激情を抑え込む。

こんな……こんな姿を、あいつに、白玲(ハクレイ)に見せるわけにはっ。

俺の顔を見て察したのだろう、親父殿が痛みに耐えながら笑みを浮かべられた。

「すまんな、隻影。お前には苦労ばかりかける」

「親父殿っ！　……そんな、そんなことは……俺の方こそ……迷惑ばかりかけて……」

涙が溢れて声も出てこない。

それでも何とか笑顔を作りる。

「今、鍵と鎖を壊します。大丈夫です！　この剣、中々の斬れ味なんですよ？」

「煌帝国が大将軍【皇英】の振るったという【双星の天剣】か」

俺は目を瞬かせる。

今の今まで、親父殿から指摘されたことはなかった。

「……知っていた、ので？」

「当然だ。儂はお前と白玲の父なのだぞ？」

「………………」

敵わない。俺は何時まで経っても、この人には。

親父殿がほんの微かに身体を動かされ「うぐっ……」小さく呻かれた。

「……その双剣自体に、特段不可思議な力はあるまい……。だが、世の権力者達はそう思っておらぬ。持っていれば何れ災厄が訪れるかもしれぬ」

『銀髪蒼眼の娘』――のようにですか？　残念ながら、幸福しか得ていないですね」

不思議とすらすら応じることが出来た。……本人には言えやしないが。

肩越しに見やると、白玲は布を握り締めこちらをじっと凝視していた。

地下牢内から、くぐもった笑い声。

「……くっくっくっ……前言を撤回する。儂は、儂には勿体ない息子を持ったようだ……満足だ。もう、心残りはない……」

「何を言ってるんですか。親父殿には、とっとと怖い怖い【白鬼】を退治してもらわないと困ります。さ、開けますよ」

俺が【黒星】を抜こうとすると、鎖がジャラジャラと音を立てた。

血塗れの顔の親父殿が頭を振られる。

「……不要だ。分かっていよう？　今の儂を連れて、臨京を脱出するのは不可能だ……手も足も殆ど動かぬ。忠道の手の者めが、散々いたぶってくれたわ」

「親父殿っ！」

堪え切れず、大声が出てしまった。

上の階を走る振動が伝わって来る。時間は……もう幾許もない。

親父殿の瞳に諦念と悔恨が宿った。

「……良いのだ、隻影………良いのだ。これは望んではならぬ夢を……幼いお前と白玲が示した傑出せし才に無謀な『北伐』完遂の夢を見た……儂に降った罰なのだ」

「…………」

俺は剣の柄から手を外した。

大河以北の奪還は親父殿にとって悲願。

だが——俺や白玲を積極的に関わらせようとはしていなかった。

鎖の音が激しくなり、張泰嵐が慟哭される。

「こうなる前に幾らでも手は打てた。だが、儂も秀鳳も常虎も、そして文祥ですら、仮初の栄華に浮かれ、多くの事柄を怠った。結果がこの様……この様なのだっ………」

「親父殿……」

駄目だ、言葉が出てこない。俺にはそんな資格がない。

少しの間、静かに泣かれていた親父殿が瞑目された。

「隻影、オトも臨京に来ているな？　お前には真実を伝えておく——あの娘の本当の名は『宇虎姫』。常虎の実の娘だ。……仔細あるようで、名乗ってはいないがな。オトの手を借り、一先ずは西へ逃げよ。最後に忠道が漏らした話を聞く限り、徐家はもう駄目であろうが……宇家は健在だ。お前達を必ずや助けてくれよう」

「西、ですか」

俺達はもう敬陽へ戻ることが出来ない。

今後どうするかも決めてはいないが……宇家の支援を得られるのならば。

「隻影！　追手が来ますっ‼」「隻影様っ！」

白玲と静さんが俺へ鋭い警戒を発した。

親父殿が静かに、決然と命じられる。

「さぁ、もう行け。兵が来るぞ」

「っ！　**張泰嵐様っ！！！！！**」

俺は歯を食い縛り、その場で両膝をつき、床に頭をつけた。

震える声で感謝と助けられない己の無力の謝罪をしようとする。

「……七年前……拾って貰った御恩…………生涯、忘れません……そしてっ」

「……馬鹿め。馬鹿息子めっ！　そのようなもの、とうの昔に返してもらったわっ！」

皆まで言わせてもらえず、親父殿は呵々大笑された。

——何処までも優しい瞳。

幼い俺が高熱を出し寝込んだ際に一晩中、水で濡らした布を替えてくれた時の瞳だ。

穏やかに零される。

「実現不能な『北伐』の夢と共に、な……実の所、もう一つだけ……もう一つだけ夢を見ていたのだ。近い将来、お前達が夫婦になり……お前は地方の文官に。白玲は文句を言いながら何時も笑い……軍を退いた儂は何れお前達の孫をこの手で抱く。これ程の幸運があろうか？　そうなる未来もあった……確かにあったのだ」

声は出ない。出せない。

出してしまえば……涙を堪えることなど絶対に出来ない。

親父殿が俺を諭される。

「だが、最早叶わぬ。今願うのは儂が助けられなくなった後、ただただ、お前達が幸せに生きてくれることのみ。英雄、英傑になどならずとも良い。良いのだ。——隻影」

「……はっ」

立ち上がり袖で涙を拭う。追手が動き回ったせいだろうか、風が炎を揺らした。

——張泰嵐の、俺の父の、厳しくも温かい目。

相好を崩し、血で汚れた口が発したのは端的な願い。

「白玲を頼む」

「……命に」

「命は捨てるな。命は拾うものだ。努々忘れることなかれ。……いいな？　忘れるな」

「…………親父殿っ」

涙が拭っても、拭っても溢れてきやがる。

畜生。畜生っ。畜生っっ。

泣き続ける俺に対し、親父殿は困った顔になり——片目を瞑られた。

「ああ、そうであった。最後に一つだけ白玲へ伝言を頼む。自分で伝えるのは、少しばかり恥ずかしくてな」

親父殿から遺言を受け取り、地下牢を離れ白玲と静さんの下へと戻る。

……急いで脱出をしないと。

階段を警戒していた白玲が、蒼の双眸を見開く。

「隻影っ！　御父様はっ⁉」

「親父殿は……」

「白玲、隻影、行けぃぃぃぃ！！！！！！！！！！！！！！！！！！」

「「——！」」

何処にそんな力が残っていたのか。

死にかけの張泰嵐の咆哮は、地下牢どころか闇に沈む『臨京』すらも震わせた。

静さんが振り向き、鋭く注意喚起をしてくれる。

「隻影様！　白玲御嬢様！　追手です。……音からして五十名前後！」

「……了解です」

俺は応じ、隣で硬直している白玲の手を取った。

「せ、きえい……？　ほんとうに……おいていくんですか？」

宝石のような双眸から大粒の涙が零れ落ちていく。

左手で銀髪の美少女を抱きしめ、耳元で告解する。

「すまん……すまんっ。恨むなら俺を恨んでくれっ……行くぞっ！」

終章

「隻影！　白玲！」「隻影様！　白玲さん！」

地下通路を抜け外へ飛び出すと、入り口近くで打ち合わせをしていた瑠璃と明鈴が駆け寄ってきた。

空は既に白んでいる。

涙の涸れ果てた白玲を半ば抱きかかえてきたせいもあってか、酷い疲労を覚えた俺は情けなくもへたり込んだ。終始殿を務めてくれた静さんは汗一つかいていない。

「……よぉ、瑠璃、明鈴」「…………」

「怪我はない、みたいね」「お、お水を持ってきますっ！」

俺達の様子と親父殿がいないことで、何があったのかをある程度察してくれたのだろう、二人は気を使ってくれる。

……有難い。

「…………」

隣の白玲（ハクレイ）も地面に座り、暗い表情を浮かべるばかり。

……せめて、俺を責めてくれれば。

暗澹（あんたん）たる想（おも）いを抱いていると、瑠璃（ルリ）が静（シズカ）さんへ冷静に状況を確認した。

「静（シズカ）、追手の状況は？」

「途中で幾度か蹴散らしました。此処（ここ）まで追って来るかは分かりません」

「了解――オト、予定通りよ。火薬で出口を吹き飛ばして」

「はいっ！」

待機していた短い黒髪少女がきびきびと、俺達が通って来た地下通路へ小さな樽（たる）を運んで行く。しっかりと策を練ってくれていたらしい。

後でオト――【虎牙（こが）】の娘、宇虎姫（ウトラヒメ）とも話をしないとな。

『西域』。宇（ウ）家の守りし土地へ落ちることについて。

指示を出し終え、瑠璃（ルリ）が近くへやって来た。

「二人共、酷い顔よ。士気に関わるわ」

「だろう、な」「…………」

笑おうと努力をはしているが……出来ているかは分からない。

すると、瑠璃は屈み込み――

「白玲」

「瑠璃さん……？」

項垂れている銀髪の少女を抱きしめた。

乱れた髪を手で梳きながら、優しく諭す。

「大丈夫よ、貴女と隻影のせいじゃないわ。……絶対に貴女達のせいじゃないから」

「――……うううううううううううう！！！！！！！！！！！！！」

白玲の蒼眼から滂沱の涙が溢れていく。

俺は瑠璃に目で心からの謝意を示し、重い身体を起こした。

この後起こる事態をもう理解しているだろう古参兵達と短く言葉を交わしながら、丘の頂上へと向かい――薄い朝靄に沈む『臨京』を一望する。

皇宮から黒煙が上がっているのは、昨晩の火災だろう。

数ヶ月前に見た光景と変わっているのは……皇宮前に巨大な木製の台座が設置されていることだ。

――【張護国(チョウごこく)】の処刑場。

あんな物を造らせる程、皇帝と林忠道(リンチュウドウ)は親父殿を恐れて。

俺が感情を押し殺していると、おずおずと裾を引っ張られた。

「隻影(セキエイ)様……あの」

「明鈴(メイリン)」

振り返り、水筒を持って来てくれた栗(くり)茶髪の少女に片膝をつく。

「！　せ、隻影(セキエイ)様っ⁉　ど、どうされたんですかっ！？！」

明鈴(メイリン)の驚きを無視し、俺は万感の想いを吐き出した。

「……感謝する。お前と静(シズカ)さんのお陰で、最後に一目、親父殿に……会うことが出来た。感謝するっ。この恩は必ず返す。お前が忘れても必ずっ……」

「………隻影(セキエイ)様」

両手を柔らかく握りしめられる。

目の前には出会った当初から変わらぬ年上少女の笑み。

「そんな風に思わないでください！　お忘れになりましたか？　最初に救われたのは私と

静(シズカ)なんです。今はその利子を返しているだけです」

俺は目を瞬(しばた)かせ、押し付けられた水筒の半分を飲み干した。

しみじみと感嘆する。

「明鈴(メイリン)……お前、本当にいい女なんだなぁ」

「むむ～！　今更、気付いたんですかぁっ⁉　そうですよ？　私は隻影(セキエイ)様の妻に相応(ふさわ)しいいい女――」

「ちょっとどいてください」「きゃんっ」

突然、白玲(ハクレイ)が明鈴(メイリン)をどかし、俺へ詰め寄ってきた。

後方の瑠璃(ルリ)の瞳は――『真実を伝えてあげて』。

軍師殿には敵(かな)わない。

水筒を奪い取って飲み干すと、銀髪の少女は険しい表情で口を開き、

「隻影(セキエイ)、貴方(あなた)は地下牢でどうして、父上を――」

「白玲(ハクレイ)、親父殿から伝言だ」

俺は間髪入れず、俺が生涯に亘(わた)って守らなければならない少女の頭を抱きしめ、耳元で遺言を囁(ささや)いた。

『ただ幸せに、ただ健やかにあれ、ただ皆と仲良くあれ』

春にしては冷たい風が吹き、美しい銀髪を靡(なび)かせた。

白玲(ハクレイ)が唖然(あぜん)とし、瞳に涙を溢れさせ俺の胸に拳を叩(たた)きつける。

「…………ズルい…………ズルいっ！　私も、私だって――御父様、御父様っ、御父様ぁぁぁぁぁ！！！！！！！！！！！！！！！！！！！！！！！！！！」

慟哭(どうこく)する少女の背に手を回すと――丘を陽(ひ)の光が照らした。

日の出の刻(とき)が来てしまったのだ。

オト達が地下通路を火薬で破壊したようで、地面が鳴動する。

黒猫を左肩に載せた瑠璃(ルリ)が寂しそうに独白した。

「嗚呼(ああ)――……遂(つい)に来てしまうのね。大河以南に仮初の栄華を築き上げた栄(エイ)帝国、その終わりの始まりが」

＊

「日の出だ。大罪人――張泰嵐を出せ」

地下牢の鍵が開けられ、数名の獄吏が中へと入って来た。

鎖を解かれ、両脇を抱えられると、たったそれだけで身体中に激痛が走る。

「うぐっ……」

「ふんっ。少しばかり痛めつけ過ぎたか」「救国の英雄だろうが、呆気ねぇなぁ」「英雄から罪人か……」「張泰嵐、今からあんたは死ぬが、どういう気分なんだ？」

引き摺るように儂を地上へと運びながら、獄吏達が嘲ってくる。

この者達は全く理解していないのだ。

――【玄】と【栄】という国同士の交渉事において、儂の死がどういう意味を持つかを。

おそらく、【白鬼】は私の頓死を許すまい。

「くっくっくっ……」

身体はもう殆ど動かなくなり、あと少しで完全に死ぬる段階に到って、ようやく眼力を得ようとはっ！

いやはや……人は何と面白いものか‼

「う、薄気味悪く笑うんじゃねぇっ！」

獄吏が震えながら儂を殴りつけてきた。だが、嗤うのは止められぬ。

地上に出ると、皇宮前の処刑台まで歩かされる。

重く痛む身体を無理矢理動かすも、限界などとうの昔に超えているのだ。

幾度も倒れ、その度獄吏の鞭が飛ぶ。

「ほら、へたばるなっ！　上がれっ‼」

儂の死刑を見に来た臨京の住民達から悲鳴が上がる中、一段一段、自らの処刑台を上がっていく。

——どの程度、時間がかかったか。

気づいた時には頂上部分で拘束されていた。

近くにいるのは二人の処刑人と、権力を握り、ますます肥えた醜悪な男。豪奢な服装だが、まるで似合っていない。

偉そうな男が集まった大群衆を前に、声を張り上げる。

「栄帝国宰相、林忠道である！　此度の件は国家を揺るがす大事である為、この私が直々に執り行うっ！」

人々のざわめき。

それが『是』なのか『否』なのかは分からない。今となってはどうでも良い事だ。

儂は霞む目を見開き、人々を観察していく。

「罪状を読み上げる！　『張泰嵐！　汝は敬陽を守護する身にありながら、皇帝陛下に対して叛乱を企て、それればかりか西方の徐家及び南方の宇家と結び、臨京へ攻め上ろうとしていたこと、真に許し難しっ！　よって、死罪を申し付けるものなりっ！！！！』」

……叛乱、叛乱か。

敬陽の民と隻影と白玲のことを考えるならば、魏平安のように、アダイへ降るのが最善だったやもしれぬ。まぁ、あの男は戦わぬ者に対しては異常なまでに厳しいのだが。

そう、まるで【皇英】を『老桃』の地で喪った後の【王英】の如く。

群衆の中から突然、弾劾の声があがる。

「馬鹿なっ！　張将軍は、玄の大軍と西冬の大軍から見事『敬陽』を——【栄】を守り切られたばかりではないかっ！　どんな証拠があるというのかっ！！！！」

よもや、この地で、この局面で、儂を擁護する者がおろうとは！

人とは真、面白いものだ。

忠道が顔を真っ赤にし、叫び返す。

「う、五月蠅いっ！　衛兵、早く黙らせよっ！　——……あった、かもしれぬ」

その瞬間、群衆全体に漣が巻き起こり一部では衛兵とぶつかり、皇帝陛下を詰る。

『あったかもしれぬ』で殺される将。

おお！　天下無双の皇英峰（コウエイホウ）と同じではないかっ‼

ふふ、愉快愉快。

思わぬ事実に愉悦を覚えていると、忠道（チュウドウ）が肥えた顔を近づけてきた。

「さて、張泰嵐（チョウタイラン）よ。汝は今、此処（ここ）で――もうすぐ死ぬわけだが、何か申し開きをしておくことはあるか？　うん？　慈悲を持って、一言だけ許してやろう」

「……有難（ありがた）い限り。では、一言だけ」

上半身を起こし、西方の丘を見つめる。隻影（セキエイ）……皆を、白玲（ハクレイ）を頼むっ。

息を吸い込み、

「天は全てを知っている！！！！」

【栄（エイ）】全体に、愛する息子と娘に届くよう、全身全霊を込め雄叫（おたけ）びをあげた。

すぐさま処刑人達に取り押さえられる。忠道（チュウドウ）の歯軋（はぎし）り。

「お、おのれっ！　最後の最後までっ‼　――殺せ」

天が黒雲に包まれたかのように暗くなった。

剣の風切り音が聴こえ、同時に皇宮が雷によって打ち砕かれる轟音。

うむ。儂の人生はやはりそう悪いものではなかったのだな。

秀鳳、常虎、礼厳、文祥殿。今逝く故――良き酒と馳走を用意して暫し待たれよ。

儂からは、愛しき娘と息子の話をとくと聞かせてしんぜようぞ！

＊

「以上の条件にて、我が国は貴国との和議を乞うものでございます、アダイ皇帝陛下」

「…………」

玉座に座る長い白髪で一見女児のような馬人の王は黙り込み、言葉を発しない。

地に伏す私――栄帝国宰相にして、【玄】との講和を一任された林忠道の頬を冷や汗が伝っていく。くそっ。早く答えよっ。

だが、敬陽北方にわざわざ築かれた会談場所にいる栄人は私と、降将だという男が一人だけ。他はすぐにでも人を喰らう獣ばかりだ。生きた心地が一切せぬ。

……田祖の言う通り、黄北雀に押し付けるべきであったか。

いや、奴に功績を与え過ぎるのはまずかろう。嗚呼、せめて会談場所が敬陽であったならば。何が『亡き張泰嵐への敬意』だっ。ふざけるな。

私が内心で噂通り少女の如き容姿だった蛮族の皇帝を詰っていると、書状を捲っていた白く細い手が止まった。

「ふむ？　ハショ」

「は、はっ！」

居並ぶ敵将達の中から、淡い茶髪で糸目の優男が飛び出し、玉座の傍に侍った。

アダイが書状を優男へ差し出す。

「講和案の内容なのだがな……一つ、欠けておるように見えぬか？」

「確認致します。ふむふむ……おや？」

露骨なまでの驚く演技をした後、ハショは私を一瞥した。

糸目の奥に一瞬だけ氷の如き冷たさが見え、身体が震える。

……あれは、楊文祥が私に向けた侮蔑と同じ。

「陛下、この講和案には、事前段階では存在した条項が抜けているかと」

「うむ、やはりそうよのぉ」

「なっ⁉」

私は顔を上げ、白髪の馬人を凝視した。

……条項が抜けている、だと？

アダイが肘をついた。

「使者殿、これはどうしたことか？　貴国は私を謀ったのか？？」

「め、め、滅相も、ございませんっ！　ち、ち、誓ってそのような……」

「では」

大きな声ではなかった。

だが——居並ぶ敵将達の間に緊張が走り、私の身体はガタガタと震え始めた。

怪物が指で肘置きを叩く。

「では何故——『張泰嵐を【玄】の元帥とする』の条項が削られているのだ？　甚だ不可解だ。そちらの偽帝殿は何か勘違いをされておられるようだな」

ち、張泰嵐を玄の元帥、にだとっ⁉　こ、この馬人の皇帝は何を言っているのだ？

貴様等にとって、奴は仇敵だったではないかっ！　戦場で討てなかった者を私が折角排

除してやったというのに……ど、どうして、な、何故、そのように冷たき瞳で私を見るのだっ⁉

おかしい。おかしい。おかしいっ！　私は栄帝国の宰相なのだぞ？

楊文祥も張泰嵐も死んだのだっ！

後は馬人共と和を結んで落着、とならなければ……理に合わぬではないかっ！

田祖の言葉が思い起こされる。張泰嵐を殺すのは思いとどまられた方がよろしいかと。

歯が鳴りそうになるのを必死に堪え、訴える。

「っ⁉　お、お、恐れながら……そ、そのような条項は、なかった――」

「使者殿」

「ひっ」

静かなアダイの呼びかけを受け、悲鳴が勝手に生まれ、私は後退った。

……恐ろしい。こ、こいつは……こいつは人間ではないっ。

張泰嵐は、このような怪物を長年相手にしていたのかっ⁉

アダイがほんの軽い口調で告げてくる。

「言葉には気を付けた方が良い。まるで、私が貴国を騙したように聞こえるではないか。とにかく、張泰嵐を『燕京』へ寄越すようお願いする。それまで和平は無しだ」

「！？！！！」

こいつはいったい今、何と言ったのだ？

張泰嵐を『燕京』へ送らねば……戦を続ける、と？

そんな……そんな馬鹿なことがっ！

ただでさえ、南方では徐家が暴れ回り、西方の宇家も蠢動しているというのにっ。

い、いや、その前に、私は此処からどうやって——

口調とは裏腹に、瞳は一切笑っていないアダイが手をゆっくりと振った。

「おや？　どうしたのだ？？　そのように蒼くなられて。……嗚呼、そうか。一ヶ月前に殺してしまった者を生き返らせることなど、出来る訳もないか。フフフ……いやはや、偽帝と貴殿には感謝しているのだ。何しろ我等の為に」

逃げなくては。でなければ、私は死ぬ。殺される。

だが、身体は全く動かない。

アダイが冷たい怒りを露わにした。

「この千年来で唯一【皇英】の袖に触れた救国の名将を殺してくれたのだからな。……誰が、そんなことをしろと命じた？　私は張泰嵐を殺すつもりなど毛頭なかったのだぞ？

醜悪な愚物の分際で忖度を為したつもりか？」

「お、お待ちくだ、ぎゃっ」

弁明する間すらなく、屈強な敵兵に拘束される。

玉座からアダイが悠然と立ち上がると、敵将達が一斉に片膝をついた。

私にとって悪夢の宣告がなされる。

「愚物への用は済んだ。後々、張泰嵐を貶めた下種共も増えるであろう。泰嵐が受けたであろう拷問を最低百度は繰り返せ……殺さずな。損耗回復後、【栄】への侵攻を再開する。それまで兵馬を慈しむべし」

『……はっ！　偉大なる【天狼】の御子、アダイ皇帝陛下っ‼』

＊

その日の晩。

私――玄帝国皇帝アダイ・ダダは本営の天幕内で、玉座に腰かけ思案に沈んでいた。

普段ならばギセン乃至は【白狼】を護衛とするのだが、今宵は私一人。

周囲も人払いをしている。

――既に天下の統一は事実上成った。

栄(エイ)の名将、勇将、猛将、宰相、老将は死に、後に残ったのは昼間、似合いの地下牢(ろう)へ送ったような愚物ばかり。

当初は栄(エイ)内部で叛乱(はんらん)を誘発させ、国力を削った後に再侵攻する予定だったのだが、特段問題は――

「…………くそっ」

私は肘置きに小さな拳を叩(たた)きつける。違う。

無論、強引に侵攻しても統一は成せるであろう。

張泰嵐(チョウタイラン)と楊文祥(ヨウブンショウ)亡き今、我が軍を止める者は彼(か)の国にはいない。

だが、無駄な犠牲は増える。

そのような愚かしい策は、私の――【王英(オウエイ)】の策に非(あら)ずっ！！！！

「何故だ」

かような無様なことになったは、たった一人……この世で私が唯一人だけ、気に掛ける者が彼の国にいることが分かったからだ。

「何故だっ！」

敬陽での決戦。

張泰嵐、災厄を呼びし銀髪蒼眼の少女と共に我が大軍を突き破り、本営へ迫りし【黒星】を振るう黒髪の若き勇将。

卓上の全てを手で薙ぎ払う。

「**何故なのだっ！！！！　英峰っ！！！！**」

目が合ったのは刹那であった。

乱戦に次ぐ乱戦であったし、英峰は気づいていないのかもしれぬ。

【天剣】を振るうという張家の息子と娘を戦後、登用する腹積もりもあった。

……だが、張泰嵐が横死を遂げた今、叶うまい。

再会の時はこの小さき手から零れ落ちてしまったのだ。

私は両手で顔を覆う。

「……何故、お前が私に刃を向ける？　何故、【白星】を張家の女などにっ……」

【双星の天剣】を振るえるは天下で皇英峰のみ。

そうでなくてはならない。ならないのだっ。

前世の私が扱えなかった物を、あのような――……。

「そうか」

私は手を外し、玉座を立った。そうだったのか。

天幕を出て、高き夜空を眺める。

――北天に輝くは鮮やかな【双星】。

手を伸ばし、私は確信した。

「その女なのだな？　今世のお前を狂わせているのは。……ならば」

私が為すべきことは決まっている。

静かな決意と共に拳を握り締め、私は心臓へと押し当てた。

あとがき

四ヶ月ぶりの御挨拶、七野(ななの)りくです。
今巻にて第一部完結となります。
危なかった。本当に（以下略）。
……最近、原稿が上がる度、砂になっている気がします。気を付けないと！
内容について。
本作全体の構成を考えた当初から「三巻でこうする！」と決めていました。
上の理不尽によって、下が多大な迷惑を被る。
人類史を見渡せば、同じような事例は幾らでも転がっています。
そして、それは長い長い中華史であっても同じこと。
名将、名臣で位人臣を維持したまま、天寿を全うした人物は多くはないと思います。
楚(そ)の『覇王』項羽の最期(さいご)は『四面楚歌(しめんそか)』。
前漢の『国士無双』韓信も栄達を極めた後、処刑されています。
生き残るのって難しい。

また、今巻で皆様が感じられたであろう――

『もう少し上がまともならばっ！』。

第二部はその点を踏まえ、頑張って書いていこうと思います。

西方からの反撃に御期待ください。


宣伝です！

『公女殿下の家庭教師』最新十四巻発売中です。

十五巻も今夏に発売予定ですので、こちらも是非。


お世話になった方々へ謝辞を。

担当編集様、今巻もお疲れ様でした。三巻、面白くなったと思います。

ｃｕｒａ先生、今巻もありがとうございました。カバーの隻影(セキエイ)君とアダイ君、完璧です。

カッコいいっ！

ここまで読んで下さった全ての読者様にめいっぱいの感謝を。

また、お会い出来るのを楽しみにしています。次巻、『束(つか)の間(ま)の平穏と』。

七野りく

お便りはこちらまで

〒一〇二‐八一七七
ファンタジア文庫編集部気付
七野りく（様）宛
ｃｕｒａ（様）宛

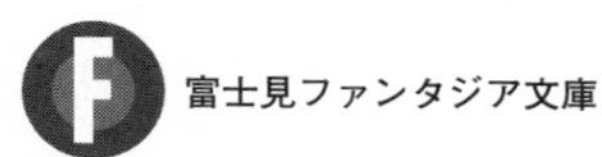

双星の天剣使い3

令和５年６月20日　初版発行

著者――七野りく

発行者――山下直久

発　行――株式会社KADOKAWA
〒102-8177
東京都千代田区富士見2-13-3
0570-002-301（ナビダイヤル）

印刷所――株式会社暁印刷

製本所――本間製本株式会社

※定価はカバーに表示してあります。

●お問い合わせ
https://www.kadokawa.co.jp/（「お問い合わせ」へお進みください）
※内容によっては、お答えできない場合があります。
※サポートは日本国内のみとさせていただきます。
※Japanese text only

ISBN978-4-04-074946-4 C0193

ティナ
四大公爵家の
ひとつ、ハワード家に
生まれた公女殿下。
なぜか誰でも扱える
程度の魔法すら使う
ことができない。
変える
はじめましょう
アレン
公爵令嬢ティナの
家庭教師を務める
ことになった青年。魔法
の知識･制御にかけては
他の追随を許さない
圧倒的な実力の
持ち主。
発売中!

無自覚最強ハーレム！
シリーズ
好評発売中！
妹が女騎士学園に入学したらなぜか救国の英雄になりました。
僕ぼくが。
After my sister enrolling in Girl Knights' School, I become a HERO.
author.
ラマンおいどん
ill. なたーしゃ
ファンタジア文庫

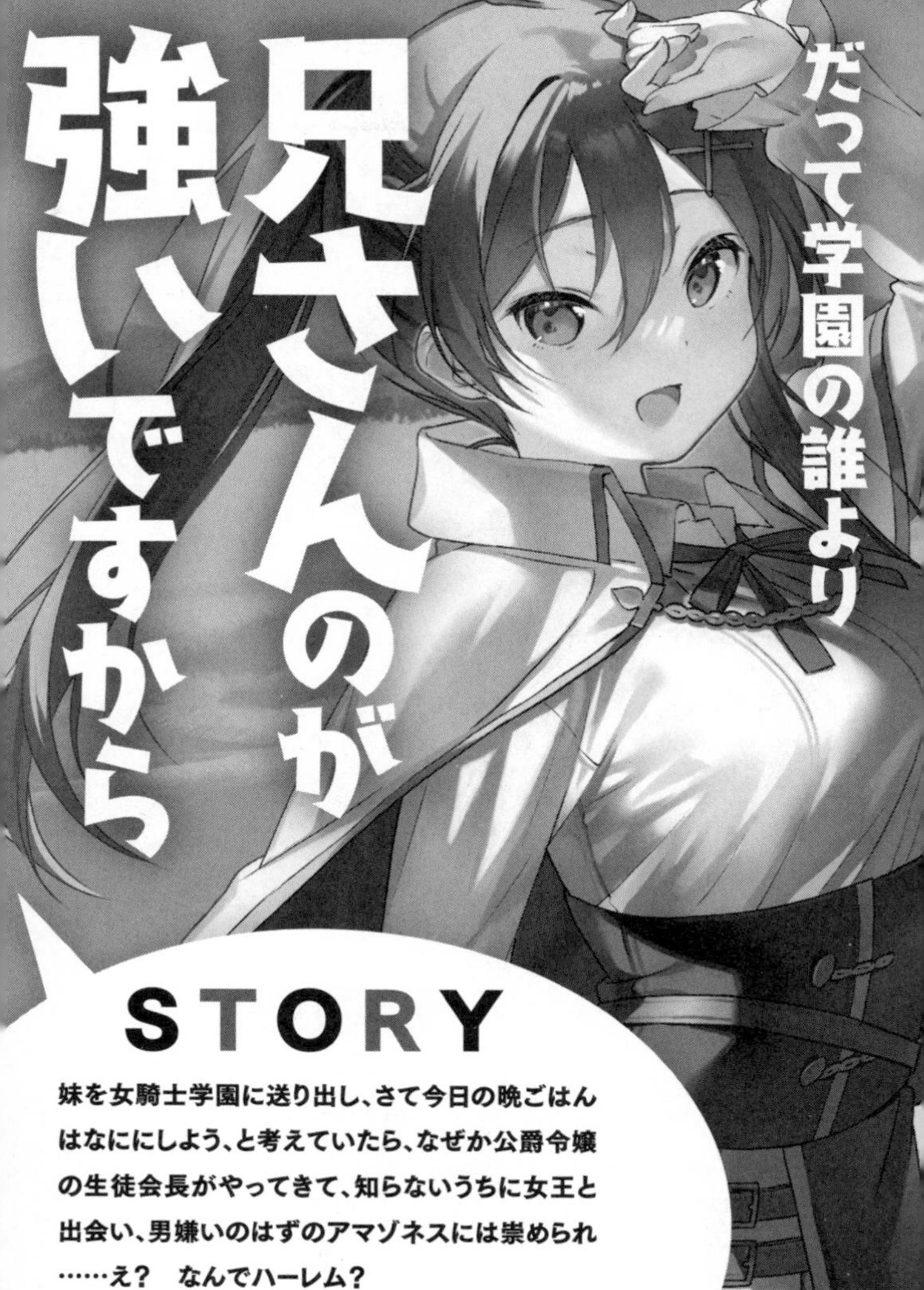
だって学園の誰より
兄さんのが
強いですから
STORY
妹を女騎士学園に送り出し、さて今日の晩ごはんはなににしよう、と考えていたら、なぜか公爵令嬢の生徒会長がやってきて、知らないうちに女王と出会い、男嫌いのはずのアマゾネスには崇められ……え？　なんでハーレム？